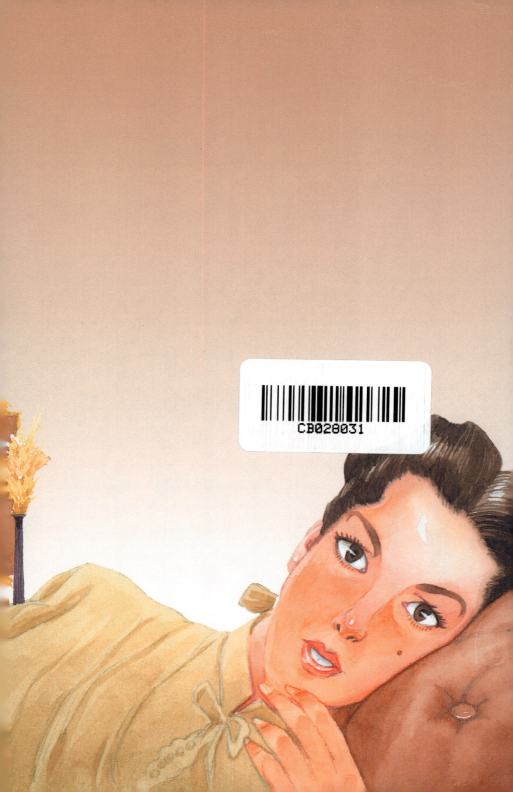

CORAÇÕES PARTIDOS

LUIZ ANTONIO AGUIAR

Corações partidos
© Luiz Antonio Aguiar, 2001

Editora-chefe	Claudia Morales
Editor	Fabricio Waltrick
Editora assistente	Marcia Camargo
Coordenadora de revisão	Ivany Picasso Batista
Revisores	Luciene Lima
	Maurício Katayama
Estagiária	Fabiane Zorn

ARTE
Diagramadora	Thatiana Kalaes
Editoração eletrônica	Estúdio O.L.M.
Ilustrações	Gonzalo Cárcamo
Ilustração de José de Alencar	Samuel Casal

CIP-BRASIL. CATALOGAÇÃO NA FONTE
SINDICATO NACIONAL DOS EDITORES DE LIVROS, RJ

A227c
Aguiar, Luiz Antonio, 1955
Corações partidos / Luiz Antonio Aguiar ; ilustrações de Gonzalo Cárcamo. - 2.ed. - São Paulo : Ática, 2008.
152p. : il. - (Descobrindo os Clássicos)

Apêndice
Acompanhado de suplemento de leitura
ISBN 978 85 08 12068-0

1. Alencar, José de, 1829-1877. Senhora - Literatura infantojuvenil.
I. Cárcamo, 1954-. II. Título. III. Série.

08-4137.   CDD: 028.5
                                            CDU: 087.5

ISBN 978 85 08 12068-0 (aluno)
CL: 736562
CAE: 241786

2023
2ª edição
10ª impressão
Impressão e acabamento: Forma Certa

Todos os direitos reservados pela Editora Ática S.A., 2001
Avelas Nações Unidas, 7221 – CEP 05425-902 – São Paulo,SP
Atendimento ao cliente: 4003-3061– atendimento@aticascipione.com.br
www.coletivoleitor.com.br

IMPORTANTE: Ao comprar um livro, você remunera e reconhece o trabalho do autor e o de muitos outros profissionais envolvidos na produção editorial e na comercialização das obras: editores, revisores, diagramadores, ilustradores, gráficos, divulgadores, distribuidores, livreiros, entre outros. Ajude-nos a combater a cópia ilegal! Ela gera desemprego, prejudica a difusão da cultura e encarece os livros que você compra.

UMA HISTÓRIA DE AMOR DE TODOS OS TEMPOS

Crica sofre sua primeira decepção amorosa e para ela o mundo desabou. Angustiada, refugia-se no sítio da avó, Glaura, para tentar esquecer a mágoa.

A jovem costuma se isolar no velho cemitério da família, localizado nas terras da propriedade da avó. Ali, busca consolo junto às suas ancestrais, uma linhagem de mulheres que parece compartilhar um destino comum, uma espécie de bênção (ou maldição) que vem sendo transmitida de geração em geração: viver (ou sofrer) grandes paixões.

Mas existe um outro legado familiar que vai influenciar a vida de Crica: o livro *Senhora*, de José de Alencar. Conforme vai lendo a arrebatadora história de amor de Fernando Seixas e Aurélia Camargo, os dois protagonistas, vai também conseguindo entender e superar a sua própria dor.

Desta maneira, o escritor Luiz Antonio Aguiar nos apresenta José de Alencar e *Senhora*, este considerado seu melhor romance urbano.

Corações partidos recria o estilo da obra que o inspirou, contendo os vários elementos que caracterizam o Romantismo. Assim, atualiza para o leitor dos dias de hoje esta escola literária, que pode ser considerada fase de consolidação de uma literatura nacional. Ao enfocar *Senhora*, Luiz Antonio Aguiar registra toda a abrangência temática da obra de José de Alencar, que é mais reconhecido pelos seus romances indianistas. Mais do que isso, faz uma declaração de amor, por meio de seus personagens, a este que é um dos maiores nomes do romance brasileiro e, até, à própria literatura.

Os editores

Os trechos de *Senhora* que constam em *Corações partidos* foram retirados da edição da Ática, série Bom Livro, 34ª ed., 2000.

SUMÁRIO

1   Antes, na cidade 11

2   E então, no sítio: o cemitério da família 14

3   Aurélia Cristina 17

4   Maurício 21

5   "Deixe que raivem os moralistas" 24

6   *Nossa* história 28

7   O preço, a quitação, a posse, o resgate 36

8   Ex-líbris 53

9   Há mais de 50 anos 62

10   Mistérios do coração partido 64

11   Uma órfã na rua Santa Teresa 70

12   As bruxas 83

13   Tempestade 91

14   A carta 94

15   No quarto de Crica, entre os capítulos 101

16   Lua crescente 103

17 Alevantadas das tumbas 114

18 Versos no ar 119

19 Com todo meu amor 120

20 A proposta 125

21 Medo de acabar 128

22 "Foi o pai de Amanda quem morreu" 135

23 O cemitério ao nascer do Sol 141

Outros olhares sobre *Senhora* 147

Este livro, como os dois que o precederam, não são da própria lavra do escritor, a quem geralmente os atribuem.

A história é verdadeira; e a narração vem de pessoa que recebeu diretamente, e em circunstâncias que ignoro, a confidência dos principais atores deste drama curioso. (...)

José de Alencar, "Ao leitor", prefácio a *Senhora*.

SENHÓRA

Perfil de mulher

PUBLICADO

POR

G. M.

Rio de Janeiro

B. L. GARNIER

LIVREIRO-EDITOR DO INSTITUTO HISTORICO

69, Rua do Ouvidor, 69

1875

FAC-SIMILE DA PÁGINA DE ROSTO DA EDIÇÃO PRÍNCIPE DE "SENHORA".

• 1 •
Antes, na cidade...

— Era *ele* de novo? — perguntou Glória aflita, ao ver Rubens bater o telefone, depois de berrar meia dúzia de palavrões para a pessoa do outro lado da linha. A pergunta era totalmente ociosa. Glória sabia que era *ele*. Nem precisava ter assistido à cena. Bastaria ver o rosto transtornado do marido, que nem falar conseguia de tanta fúria.

Ainda ofegante, com os punhos e os dentes crispados, como se quisesse ou atacar alguém (*ele*) a dentadas ou derrubá-lo a murros, Rubens foi até a geladeira, escancarou-a, tirou a garrafa de água e encheu um dos copos em cima da mesa.

— Devagar, Rubens! — pediu Glória. O marido sorvia a água num gole único, sem parar para respirar, chegando a deixá-la escorrer pelos cantos da boca. Finalmente, engasgou-se e começou a tossir. Glória correu para junto dele e o puxou pelo braço, fazendo-o sentar-se numa das cadeiras da mesa da copa.

— Só matando! — grunhiu, enfim, Rubens, quando conseguiu se recuperar.

— Era *ele*? — Glória repetiu a pergunta, quando na verdade o que queria perguntar era se havia alguma chance de *ele* descobrir onde Crica estava.

O marido ainda uma vez não confirmou quem era, ao telefone. Ficou olhando para a mulher, agora quase desconsolado, sem saber o que fazer... E repetiu:

— Só matando aquele moleque! Aquele...

Glória começou a chorar, de nervoso. Rubens a puxou contra si e os dois ficaram abraçados em silêncio por alguns instantes, até que ele afastou-a um pouco para olhá-la bem dentro dos olhos e disse, com uma expressão de alívio:

— Ele não sabe onde nossa filha está! Pelo menos isso.

— Mas o que ele ainda quer da Crica? Depois de tudo que fez ela passar!

— Não sabe, nem vai saber nunca — e Rubens começava a se irritar de novo. — Foi uma felicidade minha mãe convidar a Crica para ir ao sítio. Ela já tinha mesmo perdido o ano na escola, então ia ficar fazendo o que por aqui? Acabava esquecendo o que esse cretinozinho fez e saindo de novo com ele!

— Mas e se ele a encontrar? A Crica pode ter contado a ele alguma coisa sobre o sítio.

Rubens levantou-se da cadeira, deu alguns passos pela cozinha, preocupado...

— Acho que não. Acho que não — depois esfregou com força o rosto, como se quisesse despertar o raciocínio. — Fazia anos que ela não ia para lá, nunca mais nem falou a respeito... Ela não levou o celular, levou? Não, eu o vi em cima da mesinha, lá no quarto. A Crica está segura no sítio.... — Ele hesitou antes de completar: — Mas bem que eu preferia que estivesse aqui, junto da gente! Acho que a gente poderia cuidar melhor dela. Minha mãe...

— Rubens! — murmurou Glória, e o marido entendeu o que a esposa lhe dizia. Não, eles não estavam conseguindo "cuidar dela"...

— Sei que você e sua mãe não se dão bem, mas neste momento, por favor, esqueça isso!

— A gente se dá muito bem, sim. Ela lá, eu cá, desde que ela largou meu pai para ficar com aquele... aquele tal de Jonas. Olha que quando o sujeito morreu naquele desastre de helicóptero, oito anos atrás, quase que eu... comemorei!

— Rubens... — chamou-o Glória de novo, e mais uma vez havia uma mensagem subentendida entre ambos: era preciso que se concentrassem no problema atual. — A separação dos seus pais foi há quase quarenta anos. A Crica...

— Tá bem, tá bem! — Rubens olhou em volta, como se as lembranças estivessem mais visíveis do que as paredes da cozinha...

— Crica, aqui, ficava trancada no quarto o dia inteiro — interrompeu Glória, com a voz rouca, sem conseguir mais se conter. — Nem pensei que fosse aceitar o convite da avó. Chegou na hora certa... Eu... Rubens... Meu Deus, Rubens!

O marido voltou-se para ela. Os lábios da mulher tremiam, Glória chorava ainda mais forte. Rubens sentiu que ela estava pedindo que ele a abraçasse novamente. Correu para ela e amparou-a o mais firmemente que pôde. Glória ainda deixou escapar, como num suspiro:

— Eu não sabia mais o que fazer... como ajudar minha filha... eu não sabia. Ela estava tão triste, tão... Fiquei com medo de que ela... Você também não teve medo de que ela...?

Rubens apertou-a nos braços com mais força ainda. Ela correspondeu ao abraço, e os dois foram se serenando aos poucos, colados um ao outro.

• 2 •
E então, no sítio: o cemitério da família

O pequeno cemitério ficava no coração do sítio, quase no sopé do morro atrás do qual o sol se punha. Desde que chegara, havia duas semanas, Crica já fizera várias vezes o caminho até ali e, ultimamente, era onde terminava seus passeios de horas e horas, todos os dias, já com a tarde caindo e o sol mergulhando no morro.

Desde que deixara para trás a cidade, os pais, e tudo o mais, e viera se refugiar no sítio, sempre, depois do almoço, a garota saía para seus passeios solitários. Da varanda da casa, a avó, dona Glaura, observava Crica se afastar... e sorria. Sempre sorria. Era como se adivinhasse — apesar de Crica não fazer nenhum comentário sobre o que fizera durante a tarde — que a neta acabaria, sim, chegando ao pequeno cemitério.

No começo, os passeios de Crica não tinham rumo certo. Ela apenas vagava, até se sentir exausta, e depois retornava. Foi então, na terceira ou quarta tarde, que se lembrou do pequeno cemitério aonde sua avó a costumava levar, quando ainda era muito pequena. E era lá que contava histórias à menina: de príncipes e princesas, de grandes amores.

Da primeira vez, então, em que tomou a direção do cemitério, foi quase sem pensar. Em nenhum instante, mesmo depois de tanto tempo, hesitou sobre que trilhas seguir para chegar até lá. Atravessou um bosque arejado, lembrou-se de árvores e esconderijos, e adiante foi dar na ponte de madeira sobre o riacho que aparecera tantas vezes em seus sonhos, nos últimos anos. Curioso é que só se deu conta disso — só se recordou dos sonhos com o riacho — no momento em que se deteve sobre a ponte, como fazia antigamente, e olhou para a água terrosa que corria por debaixo dela. Para sua enorme surpresa, foi tomada pela mesma sensação que tinha quando criança, de que, submerso na correnteza, lá do fundo, alguém invisível a espiava. Não era algo que lhe fizesse medo. Talvez, um arrepio, e um sentimento sem-nome de estar entrando numa parte do mundo onde *coisas* poderiam acontecer. Coisas — sensações — das quais ela não falaria com ninguém, ou melhor (lembrava-se, agora, e cada vez mais), somente falava sobre isso com a avó, sentadas as duas entre as lápides de pedra do pequeno cemitério. Dona Glaura escutava a neta... e sorria.

A garota percebeu que o bosque e a ponte haviam se tornado menores. Pelo menos, eram menores agora do que a lembrança, de menina pequena, que guardava deles. Também o rio parecia menor, menos profundo; a correnteza, menos lépida. Mas era o mesmo caminho — e, quando o reencontrou, deu-se conta também de que era a primeira vez que o fazia sozinha.

Depois da ponte, a trilha continuava mais um pouco e de repente terminava num jardim bem cuidado: as lápides se erguiam dos canteiros. Era o cemitério da família. Por isso, em muitas das lápides, estava inscrito o nome Martiniano. A mais antiga tinha datas de nascimento e morte do início do século XIX — 1809-1825. Era uma moça que morrera aos dezesseis anos — "Minha idade", pensou Crica ao rever a lápide. "Então, tem gente que morre com dezesseis anos...". Era uma lápide solitária — havia outras casadas: um homem, uma mulher.

Então, era para aquele cemitério que Crica dera de vir, todo cair de tarde. Era ali que lembrava as histórias que sua avó lhe contava, quando ela era bem pequena — pequena o bastante para brincar de se esconder por trás das lápides, enquanto sua avó era sempre aquela que procurava, ou para se despedir de uma ou outra de "suas tias", chamando-a pelo nome gravado na pedra, quando ia embora. Era para lá que ia, agora, para pensar e repensar na vida, no amor, em sua tristeza, e, muitas vezes, para chorar sozinha.

• 3 •
Aurélia Cristina

— Ela tem o meu nome... — murmurou Crica, fazendo dona Glaura arregalar os olhos, como se já não acreditasse que a neta fosse capaz de falar. Afinal, na volta dos seus passeios, o que a garota fazia era sentar-se numa cadeira de palhinha de espaldar alto, na varanda, ao lado da avó, e no mais das vezes assistiam em silêncio à noite fechar-se no céu.

Dona Glaura demorou alguns segundos para atinar sobre o que falava a garota, e então comentou sorrindo:

— Não será o contrário? Você é quem tem o nome dela... Ela foi sua trisavó. Minha avó.

— O seu nome também está lá... Glaura!

— Juro que não sou eu!

Crica voltou-se para a avó com cara zangada, sem se dignar de responder... A avó achou prudente emendar-se.

— Essa Glaura é a minha trisavó. Você não está perdida com as suas ancestrais, está?

— Às vezes, eu fico...

— Tem a primeira Glaura Martiniano, que nasceu em 1840. Depois, a neta dela, Aurélia Cristina, que foi minha avó. E, depois, eu e você. Glaura e Aurélia de novo.

— Na nossa família tem sido sempre assim? Os nomes...

— Bem, é uma família muito antiga... como esta casa, como esta fazenda, ou melhor... era uma fazenda enorme. Hoje, é um sítio. Foi sendo vendida aos poucos. O que sobrou, eu não vendo. E espero que você também não venda.

— Meu pai vive dizendo que é caro demais sustentar o sítio.

— Não é com o dinheiro dele que eu pago as contas. E ele tem dinheiro e negócios de sobra com que se preocupar, não precisa pensar nos meus!

— Mas eu quero saber dos nomes. Por quê, vó?

— Por que a trineta ganha sempre o nome da trisavó? Bem, foi minha avó quem pediu que me batizassem com esse nome. Ela não teve filhas. E acho que foi a avó dela, que também não teve uma filha, quem deu a ela o nome... que acabou sendo o seu. Aurélia Cristina. Você gosta dele?

— Parece nome... de gente de antigamente. De gente... que vai sofrer muito na vida — resmungou a garota.

Dona Glaura fitou-a por alguns instantes, avaliando o que a garota havia dito. Finalmente, murmurou, muito baixo, quase como se não tivesse certeza se deveria dizer:

— Não é só o nome, sabia? As mulheres de nossa família são como se fossem... algo que passa de uma geração para a outra. Ou melhor, de avó para neta, como... uma linhagem. Você sabe o que significa essa palavra?

Crica assentiu com a cabeça, e ficou esperando a avó dizer mais alguma coisa. Mas dona Glaura não se resolvia e Crica não se segurou:

— Elas estão todas lá, não estão? No cemitério...?

Foi a vez de dona Glaura apenas balançar a cabeça, com os olhos fixos na neta. Crica continuou:

— Tem uma coisa que eu sinto às vezes quando vou lá... (era a primeira vez, desde que chegara ao sítio, que Crica falava de suas idas ao pequeno cemitério) perto de algumas das lápides... das lápides delas... algo que não é meu, que vem delas...!

Dona Glaura sorriu:

— Tem horas em que estou lá e me pego sorrindo, e ao mesmo tempo com lágrimas escorrendo dos olhos. Aí, eu me dou conta e digo: "Glaura! Não dá para entender você!". — E, voltando-se para a neta: — E você, me entende?

— Acho que sim... não.

— Histórias que foram tristes... e felizes ao mesmo tempo. Que não valeriam a pena se tivessem sido de outro jeito. É sobre o que eu estava falando a você da nossa família. Uma... linhagem. Uma linhagem amorosa... Talvez, essa sua história de agora seja... parte de tudo isso, você entende, Crica? Você quer... falar a respeito?

Não, não queria. Crica sentiu um aperto na garganta. Mas já havia chorado demais, naquela tarde. "Chega!", disse a si mesma. E desta vez quase bateu palmas quando Maurício apareceu abrindo a porteira, que ficava num plano abaixo da varanda, vencendo a curta alameda que ia dar onde estavam dona Glaura e Crica. Mesmo assim, para não fugir ao costume, a garota reclamou:

— Lá vem o chato mal-humorado!

— Ele não teria graça se fosse diferente! — replicou dona Glaura rindo disfarçadamente, já sabendo que estava deixando a neta escapar... Mas era assim que achava que tinha de ser entre elas: que a garota fosse e viesse à vontade.

Crica pulou da cadeira e correu para dentro, antes que o amigo da avó alcançasse a varanda, acintosamente evitando-o.

Mil vezes ficar no seu quarto, escutando seus CDs. Se permanecesse na varanda já sabia que Maurício ia acabar encontrando algum jeito de implicar com ela. E precisamente hoje, por uma razão qualquer, não estava com paciência para responder, como vinha se tornando um hábito, até que precisassem, praticamente, ser apartados por dona Glaura, que acabava exigindo de ambos que se comportassem, ou quem iria para o quarto era ela. Ora, Maurício vinha até o sítio, sempre no começo da noite, somente para ver dona Glaura, e Crica por nada do mundo iria querer fazer a avó se trancar no quarto chateada. Portanto, a imposição surtia efeito, Maurício e Crica acordavam uma trégua tácita (pedidos de desculpas, nem pensar!) e acabavam fazendo a ceia todos juntos, em paz... até a noite seguinte.

De resto, à curiosidade da neta sobre Maurício, Glaura respondia vagamente.

— Mas quem é esse cara afinal? Por que ele vai chegando e sentando como se fosse dono da casa? — perguntava Crica.

— Ora, ele é meu amigo. E a casa... bem, é tão familiar a ele quanto a mim. Ele nasceu aqui, e nos criamos bem próximos. Ele cuidava das estrebarias, nos tempos da fazenda. Daí, quando começou a ficar rapaz, foi embora, foi morar na cidade. Penou um bocado, mas estudou, se formou, ensinou literatura até se aposentar, e voltou para cá, depois. Ele mora num condomínio de sítios que já foi parte da fazenda. É bem perto daqui.

E era só o que dizia. Mas seu tom de voz — algo como se falasse para dentro de si, evitando soltar a voz — e o olhar percorrendo o céu, buscando sabe-se lá o quê, eram o bastante para Crica ficar imaginando o que a avó *não* dizia.

• 4 •

Maurício

— O que foi que deu na pirralha? — indagou Maurício, mal chegou à varanda, franzindo o rosto. Ele tinha por volta de setenta anos. Fumava cachimbo quase ininterruptamente. Era um senhor rijo, com barba e bigode totalmente brancos, bem aparados, cara geralmente fechada, um professor aposentado.

— Em primeiro lugar... Boa noite, Maurício! Como vai?

O homem ficou um instante sem ação, diante do sorriso debochado de dona Glaura. Por fim, resmungou um boa-noite, que fez a dona da casa abrir quase uma gargalhada.

— Agora, sim... Desapontado? Veio visitar a mim ou a minha neta, afinal?

— Vim visitar você, é claro. Mas isso é razão para essa mal-educadinha sair sem nem me cumprimentar?

— Do mesmo jeito que você veio chegando...

Maurício soltou um grunhido ao sentar-se na cadeira. Sentia-se desconcertado, e dona Glaura não lhe deu tempo para se recuperar.

— Uma pena que você não vai ter parceira para brigar esta noite! Será que não vai achar monótono demais, ficar aqui comigo, só eu e você?

— Mas do que é que você está falando, Glaura? Antes dessa enjoadinha mimada chegar, não era sempre eu e você, e mais ninguém, todas as noites? E não tem sido assim desde que eu cheguei, faz... Ora, quando foi? Foram cinco anos depois que...

Maurício se deteve, embaraçado, e olhou de soslaio para dona Glaura, para tentar lhe sentir a reação à sua gafe. Mas dona Glaura continuou a frase por ele, sem hesitar...

— Depois que o meu Jonas morreu... Não precisa ter receio de mencionar, Maurício. Não dói mais. Não de um jeito que não dê para lembrar.

— Eu... — Maurício procurou desviar o assunto que, a ele, sim, incomodava — ... tenho deixado de vir em uma noite ou outra. Por causa dela. Essas brigas são muito chatas para você!

— Você tem deixado de vir, embora sinta tanta falta da minha companhia quanto eu da sua, porque sabe que este é um momento em que minha neta precisa ter alguém para trocar confidências... mesmo que não esteja usando esse alguém, eu, no caso. Mas é bom eu me manter disponível, para quando ela se resolver...

Os dois ficaram alguns segundos em silêncio, respirando o ar perfumado da noite e observando as estrelas que começavam a abrir brechas no céu. Finalmente, dona Glaura falou...

— O caso é que não estou sentindo que ela saiba como começar a pôr as coisas para fora. Crica foi ferida... fundo demais.

— Isso não é coisa que se aprenda com lições de casa! A gente é que descobre como mergulhar para dentro de si, tanto mais fundo quanto precisa ir, e pronto! Acontece somente que ela sempre teve tudo na vida, daí apareceu algo que ela não pôde ter, que perdeu, e acha que a historinha dela é a maior tragédia amorosa que já aconteceu na face da Terra! Ora, por favor...

O olhar de dona Glaura sobre o amigo foi o bastante para ele sentir como se ela lhe estivesse dizendo: "Veja só quem está dando lições sobre amor!" (Mesmo que dona Glaura jamais sequer pensasse em lhe dizer coisa parecida, ou em magoá-lo dessa maneira, foi o que ele sentiu.) Maurício calou-se por um instante, depois perguntou:

— Certo, talvez a menina tenha levado uma bela troleta-da... uma pancada maior do que poderia imaginar que seria possível alguém levar, mas... Bem, o que você está pensando em fazer? Porque... você está com alguma ideia, não está? Eu sei que está!

— Estou pensando em começar a ler uma história para ela...

— Qual?

— Ora — exclamou surpreendida dona Glaura, achando óbvio que o amigo já soubesse a resposta — *Senhora*, é claro!

Maurício fez uma careta ranzinza e soltou um suspiro, deixando pender a cabeça, e praticamente todo o corpo, resignado.

· 5 ·
"Deixe que raivem os moralistas"

Já houve quem chamasse Alencar de "o patriarca da literatura brasileira". Título bem merecido. Não patriarca no sentido de ter criado essa literatura, de ter sido seu precursor. Mas porque Alencar e sua obra são um momento decisivo da literatura brasileira. E Senhora, *dentro da obra de Alencar, é outro momento decisivo, até por ter sido o último livro, junto com* O sertanejo, *que publicou; isso em 1875, dois anos antes de morrer...*

Afundado na poltrona, já bem avançado na noite, Maurício soltou uma lenta e comprida baforada de cachimbo, interrompendo a leitura de seu artigo sobre José de Alencar. Chegara do sítio de dona Glaura e começara a procurar por ele. Já vinha com essa intenção há dias. Desde que Crica viera ficar com a avó, na verdade. E agora, concluíra que estava de fato na hora de rever suas ideias sobre o *Senhora*. Custara um pouco a encontrar o livro, nas estantes. Afinal, escrevera-o havia mais de trinta anos. As páginas estavam amareladas e precisavam ser viradas com algum cuidado, porque a encadernação não estava em bom estado. A salinha onde lia estava na penumbra. Havia acesa apenas uma luminária, apontada sobre a espaçosa poltrona de leitura, de couro já um pouco gasto, mas com toda a forma de seu único, exclusivo e ciumento usuário desenhada no estofamento. Aquela poltrona também o acompanhava há muitos anos.

Alencar escreveu num momento em que o Brasil buscava a sua identidade política e cultural, depois de ter se tornado independente de Portugal. Muitos foram os escritores que se dedicaram à missão de construir uma imagem do que eram a alma brasileira e o país. Mas Alencar foi além de todos, nessa missão. Ele inventou uma identidade para o país e para o povo. Seus livros eram perfis idealizados de nossa história — da herança indígena a toda uma sequência de grandes episódios — e do tipo brasileiro, em diversos ambientes: o Gaúcho, o Sertanejo, os Romances Urbanos. Alencar criou um Brasil e o correspondente sentimento de ser brasileiro. É notável que em sua curta vida — morreu aos 48 anos — tenha realizado e produzido tanto!

Foi também um escritor que assumiu a necessidade de ganhar de vez o leitor brasileiro para o romance dos escritores nacionais, sobre temas ambientados em nossa terra, com uma linguagem escrita mais próxima ao que se falava aqui, em contraste ao português de Portugal. Foi ele, ainda, quem consolidou o encanto, aos olhos do leitor, do cotidiano e dos tipos da vida brasileira, e com isso pôde trazê-los para os romances. Alencar sabia que disputava o leitor aos folhetins franceses traduzidos, publicados pelos jornais. Assim, escreveu para o leitor que existia de fato nos lares da Corte, pensando nele, em seduzi-lo. E isso tornou seus enredos tão brilhantes, tão intensos, dramáticos, aventureiros, românticos... Foi assim que se conquistou um público para o romance escrito no Brasil e sobre o Brasil.

"Grande, grande José Martiniano", refletiu Maurício. "Tudo o que se puder dizer sobre ele ainda é pouco. Mas o artigo continuava, agora, especificamente sobre o *Senhora*:

Mas se das sagas indígenas e outros perfis brasileiros de Alencar transparece uma glorificação dos diversos tipos que enfocava, isso muda nos romances urbanos. Nesses, nos quais predominam os personagens femininos (os perfis de mulher*), há uma crítica feroz aos costumes da sociedade da Corte no Segundo Império. Havia práticas que todos reconheciam, e a que mesmo aderiam, ou se submetiam, mas cuja existência e disseminação não queriam ver explicitadas. São bons exemplos o* casamento por conveniência, *ou, dito de maneira clara,* comprado, *como está em* Senhora, *e outros, como a Corte dar, dissimuladamente, tanto prestígio, de fato, às* cortesãs, *às prostitutas reservadas para a classe mais alta, como em* Lucíola, *e ao mesmo tempo discriminá-las cruelmente, quando se tratava de colocar o assunto em público. A temas assim Alencar se voltava e, às críticas que recebia, justamente por não ocultá-los, respondia como no prefácio de* Lucíola: *"Deixe que raivem os moralistas". Que se comessem de raiva, então, porque Alencar, se foi acusado de ter idealizado um índio, criando-o tão culto e dominando um tão bom português que, como em* O Guarani, *não poderia existir, nos seus romances urbanos não poupou nada nem ninguém de seu olhar crítico. Não é à toa que, em diversos artigos, Machado de Assis reconhece o quanto deve a Alencar, ele e o romance brasileiro, do qual Alencar é o grande pilar. É como se Machado dissesse que prosseguiu de onde Alencar parou em seus romances urbanos. E* Senhora, *seu último romance urbano publicado em vida, é o exemplo mais palpitante disso.*

— E faltou ainda dizer... — Maurício apagou o cachimbo com um abafador e retomou a palavra como se tivesse uma turma de alunos diante de si — que Alencar e Machado sabiam como chegar ao coração do público. Que sabiam que tinham de ganhá-lo para poder existir uma literatura *brasileira*. Machado pode muito bem ter aprendido isso com Alencar, como aprendeu muita coisa que está em seus romances de outras fontes. E, se vocês quiserem entender assim, de uma forma carinhosa, *Senhora* é o livro no qual o que nos toca é a alma, os conflitos íntimos, existenciais, o choque entre sonhos e a realidade que ocorre em cada personagem, a perda, a dor, a coragem para mirar a si mesmo, para ver, para enxergar... E o que toca a mim, podem acreditar, o que me importa neste livro é que todo o amor que eu quis na vida, e a mulher que eu amei, por toda a minha vida, estão aqui... dentro dele... como se... fizessem parte da história...

Mas já aí as palavras ressoavam em sua mente, em meio ao sonho que veio apanhá-lo, ainda na poltrona — como acontecia tantas vezes. E não era para seus alunos que falava, mas para uma garota de cabelos anelados e longos, com quinze anos, que ele ainda enxergava toda vez que olhava para o rosto da Glaura de hoje, quando então seu coração disparava em badaladas, como um relógio que, ao invés de contar o tempo, o fizesse recuar.

• 6 •
Nossa história

Há anos raiou no céu fluminense uma nova estrela.

Desde o momento de sua ascensão ninguém lhe disputou o cetro; foi proclamada a rainha dos salões.

Tornou-se a deusa dos bailes; a musa dos poetas e o ídolo dos noivos em disponibilidade.

Era rica e formosa.

Duas opulências, que se realçam como a flor em vaso de alabastro (...).

Quem não se recorda da Aurélia Camargo (...)?

Tinha ela dezoito anos quando apareceu a primeira vez na sociedade. Não a conheciam; e logo buscaram todos com avidez informações acerca da grande novidade do dia.

Dizia-se muita coisa que não repetirei agora, pois a seu tempo saberemos a verdade (...).

Aurélia era órfã (...).

Assaltada por uma turba de pretendentes que a disputavam como o prêmio da vitória, Aurélia, com sagacidade admirável em sua idade, avaliou da situação em que se achava, e dos perigos que a ameaçavam. (...)

As revoltas mais impetuosas de Aurélia eram justamente contra a riqueza que lhe servia de trono, e sem a qual nunca por certo, apesar de suas prendas, receberia como rainha desdenhosa a vassalagem que lhe rendiam.

Por isso mesmo considerava ela o ouro um vil metal que rebaixava os homens; e no íntimo sentia-se profundamente humilhada pensando que para toda essa gente que a cercava, ela, a sua pessoa, não merecia uma só das bajulações que tributavam a cada um dos seus mil contos de réis.

— É sobre isso que é essa história, não é? — perguntou Crica, interrompendo a leitura e espreguiçando-se, com uma careta entediada. — É sobre amor... e dinheiro.

Dona Glaura levantou os olhos do livro por um instante e fitou a neta, provocativamente.

— E por acaso não é um tema bem a propósito?

— Do quê? — replicou Crica, começando a se irritar.

— De uma certa menina de dezesseis anos que teve uma decepção amorosa que parece que vai fazê-la sofrer até o final dos tempos! — disparou dona Glaura.

— Eu nem penso mais naquele cretino! Naquele... vendido! — berrou Crica. — Nunca mais vou pensar nele. Nem um minuto só. Nem um segundo! Já nem sei mais quem ele é... Ele não merece! Ele...

De tanta raiva, o rosto de Crica ficou da cor do sangue — um vermelho-azulado, desprendendo faíscas de calor, querendo explodir e irromper das veias —, mas isso não pareceu impressionar em nada dona Glaura. Pelo contrário, via-se até a sugestão de um sorriso irônico nos lábios da senhora...

Aliás, o mesmo sorriso, provavelmente, com que recebera a neta, naquele final de tarde, sentada na borda de um dos canteiros, junto a uma das lápides do cemitério da família. Dona Glaura já estava esperando a garota com o livro nas mãos. Crica arregalara os olhos ao chegar e dar de cara com a avó:

— Por que tanta surpresa? — brincou dona Glaura. — Afinal, fui eu quem lhe ensinou o caminho até aqui, não foi? Faz muitos anos...

D. Glaura estava no cemitério já havia quase uma hora. Ao atravessar a ponte que dava no jardim, deteve-se por instantes. Havia dias que não vinha até ali — coisa que costumava fazer até duas ou três vezes por semana. Na verdade, quando percebeu que era no cemitério que a neta terminava seus longos passeios solitários, resolveu deixá-lo para Crica. Pelo menos até aquele dia. Mas foi só se ver de novo em meio aos canteiros e lápides, percebeu o quanto vinha sentindo falta daquele lugar. Vagarosamente, percorrera as lápides, relembrando histórias, e lá pelas tantas murmurou:

— Recebam bem minha neta, queridas. Ela é uma de nós, com toda certeza...

E, voltando-se para uma das sepulturas, falou um pouco mais alto:

— Aurélia! Minha avó... Ela tem o seu nome... Cuide dela, sim? Ou me ajude a fazer isso. O que foi que você me disse um dia? Quais foram suas exatas palavras? Sim... Você disse para mim: "Glaura, você está se iniciando numa grande dor. Mas, se não for em frente, a dor talvez não será menor e tudo no final poderá não ter valido a pena". Foi o que você disse, minha avó. Ou algo assim... A lembrança inventa tanta coisa!

Finalmente, Glaura parou junto a um flamboaiã de flores roxas. Eram flores grandes, fartas, que se abriam como frutas maduras, e pareceriam mesmo pesadas a quem não se desse conta da delicadeza de suas pétalas. "Como eram as mãos dele!", pensou dona Glaura, recordando. "Como era o coração dele". Eram pensamentos que sempre lhe vinham, à sombra daquela árvore, onde havia um discreto monumento de pedras sobrepostas, com uma laje de mármore claro e estrias cor de vinho, cimentada em seu topo. Dona Glaura inclinou-se sobre o monumento, tocou o mármore suavemente, com as pontas dos dedos, e sussurrou, quase sem pronunciar as palavras: "Com todo meu amor, Jonas...". Era uma espécie de juramento, sempre repetido, com significados guardados em seu coração e compartilhados com muito poucos. ("Chegou a hora de dividir isso com a Crica...", ela pensou.) Ficou alguns instantes ali parada, as pontas dos dedos ainda percorrendo a inscrição na laje. Depois ergueu-se, encaminhou-se para uma borda de canteiro mais alta, sentou ali e se pôs a esperar. Foi onde Crica a encontrou, ao chegar ao cemitério, já perto do pôr do sol.

— Ler para mim? — estranhou Crica, quando dona Glaura lhe explicou o que pretendia. — Vovó! Pirou? Acha que eu ainda sou uma criancinha?

— Isto aqui não é um conto de fadas! — replicou dona Glaura, estendendo-lhe o livro. Era um volume muito antigo, encadernado em couro castanho, já com rachaduras, gasto.

— Mas é só uma história! O que tem a ver?

— Não é só uma história... é onde começou a nossa história.

— Como assim? — perguntou Crica intrigada.

Dona Glaura sorriu e, com um gesto largo que cobriu todo o perímetro do cemitério, repetiu:

— *Nossa* história. Você agora faz parte dela. E está na hora de você conhecê-la.

Crica tomou o livro das mãos da avó, examinou-o por um brevíssimo minuto, viu alguns nomes e datas na folha de rosto, escritos em caligrafias antigas, desbotadas, que não teve paciência para decifrar. Reparou que o nome da avó também estava ali, mais nítido. Era o mais recente, e ainda assim mostrando bastante tempo decorrido, desde quando ela assinara o livro. Abaixo do nome de dona Glaura, como dos outros nomes, havia várias datas anotadas. Numa das folhas de abertura da encadernação viu uma marca, uma espécie de brasão, que lhe pareceu vagamente familiar. Mas Crica decidiu que não iria arriscar-se a satisfazer curiosidade alguma, nada de perguntas, nada de dar corda, não naquele momento, quando o que importava era livrar-se do *castigo* que a avó tentava lhe empurrar. A garota devolveu o livro com acintoso desinteresse.

— Vovó, não estou numa muito boa, sabia? Acho que prefiro mesmo ficar sozinha. Nada de histórias.

— É sobre uma moça chamada Aurélia... Como você.

— Ai, esse nome! — gemeu Crica, reclamando. — Nem lembra! Foi ideia sua, não foi? Me casaram com um dicionário desde que eu nasci. Viviam me chamando assim na escola: "mulher do dicionário". Ainda por cima tive de aturar essa. E de quem é a culpa?

— ... e sobre um amor que ela teve. Um amor muito dolorido...

Crica engasgou, ficou muda... E foi o que dona Glaura aproveitou para começar a ler, já sem protestos da neta, que a escutava, embora com o olhar fixo no sol que ia se deitando sobre o morro, até mergulhar de vez no corpo amoroso da montanha, e desaparecer.

Crica ia começando a conhecer Aurélia. Na cena lida, a moça recebia o tio e tutor legal, nomeado pelo Juiz de Órfãos, o sr. Lemos. Logo que designado, Lemos quis se tornar dono da situação, cuidar pessoalmente do dinheiro e dos negócios de Aurélia e ter a sobrinha, agora que ficara rica, morando em sua casa. Desde o princípio, entretanto, Aurélia mostrou sem deixar dúvidas que não ia aceitar ordens de ninguém. Isso, para surpresa do tio, que esperava dela, tão jovem ainda — 19 anos — um comportamento mais de acordo com as mulheres de sua época: submissa, dócil, sem opinião. Aurélia administrava a sua fortuna, sem interferências do tio, e montou sua própria casa, à qual mandara chamar esse Lemos, pois tinha instruções — ou melhor, *ordens* — a lhe dar.

Com que história virá ela hoje? dizia entre si o alegre velhinho. (...)

— Faça favor, meu tio! disse a moça abrindo uma porta lateral.

Essa porta dava para um gabinete elegantemente mobiliado (...).

No momento em que Aurélia, depois de passar o Lemos, ia por sua vez entrar no gabinete, apareceu à porta da saleta a Bernardina, velha a quem a menina protegia com esmolas. A sujeita parara com um modo tímido, esperando permissão para adiantar-se.

Aurélia aproximou-se dela com gesto de interrogação.

— Quis vir ontem, segredou a Bernardina; mas não pude, que atacou-me o reumatismo. Era para dizer que ele chegou.

— Já sabia!

— Ah! quem lhe contou? Pois foi ontem, havia de ser mais de meio-dia.

— Entre!

Aurélia cortou o diálogo indicando à velha o corredor que levava para o interior; e passando ao gabinete cerrou a porta sobre si. (...)

Aurélia sentou-se à mesa de érable, convidando o tutor a ocupar a poltrona que lhe ficava defronte. (...)

— Tomei a liberdade de incomodá-lo, meu tio, para falar-lhe de objeto muito importante para mim.

— Ah! muito importante?... repetiu o velho batendo a cabeça.

— De meu casamento! disse Aurélia com a maior frieza e serenidade.

O velhinho saltou na cadeira como um balão elástico. (...)

— Não acha que já estou em idade de pensar nisso? perguntou a moça. (...)

— Certamente! (...) Muitas casam-se desta idade, e até mais moças; porém é quando têm o paizinho ou a mãezinha para escolher um bom noivo e arredar certos espertalhões. Uma menina órfã, inexperiente, eu não lhe aconselharia que se casasse senão depois da maioridade, quando conhecesse bem o mundo.

— Já o conheço demais, tornou a moça com o mesmo tom sério.

— Então está decidida?

— Tão decidida que lhe pedi esta conferência...

— Já sei! Deseja que eu aponte alguém... que eu lhe procure um noivo nas condições precisas... (...)

— Não precisa, meu tio. Já o achei! (...)

— Não valia a pena ter tanto dinheiro, continuou Aurélia, se ele não servisse para casar-me a meu gosto, ainda que para isto seja necessário gastar alguns miseráveis contos de réis. (...) — lhe juro, pela memória de minha mãe, que se há para mim felicidade neste mundo, é somente esta que o senhor me pode dar.

— Disponha de mim. (...)

— Conhece o Amaral? (...) empregado da alfândega (...) ajustou o casamento da filha Adelaide com um moço que esteve ausente do Rio de Janeiro, e a quem ele ofereceu de dote trinta contos de réis. (...)

— É preciso quanto antes desmanchar este casamento. A Adelaide deve casar com o Dr. Torquato Ribeiro de quem ela gosta. Ele é pobre, e por isso o pai o tem rejeitado; mas se o senhor assegurasse ao Amaral que esse moço tem de seu uns cinquenta contos de réis, acha que ele recusaria?

— (...) Donde sairia esse dinheiro?

— Eu o darei com o maior prazer. (...)

— Esse moço, que está justo com a Adelaide Amaral, é o homem a quem eu escolhi para meu marido. Já vê que não podendo pertencer a duas, é necessário que eu o dispute.

— Conte comigo! acudiu o velho esfregando as mãos (...).

— O nome? (...)

— Esse moço chegou ontem (...). O senhor deve procurá-lo quanto antes...

— Hoje mesmo.

— E fazer-lhe sua proposta. Estes arranjos são muito comuns no Rio de Janeiro.

— Estão-se fazendo todos os dias. (...)

— Previno-o de que meu nome não deve figurar em tudo isto. (...)

— Os termos da proposta devem ser estes; atenda bem. A família de tal moça misteriosa deseja casá-la com separação de bens, dando ao noivo a quantia de cem contos de réis de dote. Se não bastarem cem e ele exigir mais, será o dote de duzentos...

— (...) Desejo como é natural obter o que pretendo, o mais barato possível; mas o essencial é obter; e portanto até metade do que possuo, não faço questão de preço. É a minha felicidade que vou comprar.

— Vejamos! (...) trinta contos de réis (...) garantir cinquenta (...) de cem até duzentos. Só me falta o nome.

Aurélia tirou da carteirinha o bilhete de visita e apresentou-o ao tutor. Como este se preparasse para repetir em alta voz o nome, ela o atalhou com a palavra breve e imperativa que às vezes lhe crispava os lábios.

— Escreva! (...)

— Nada mais?

— Nada, senão repetir-lhe ainda uma vez que entreguei em suas mãos a única felicidade que Deus me reserva neste mundo.

· 7 ·
O preço, a quitação, a posse, o resgate

— Você tá brincando? Essa garota tava mesmo querendo *comprar* um marido? Que vacilo!

Dona Glaura sorriu, comemorando, e precisou se conter para não deixar mais evidente seu contentamento.

Do momento em que interrompera a leitura, até ali, quase já na metade do caminho para chegar a casa, Crica ainda não havia pronunciado nenhuma palavra. Quem não conhecesse a garota poderia pensar que estivesse ausente de tudo, e até esquecida da história; mas intimamente dona Glaura apostava que acontecia justamente o contrário, e que Crica estava era caraminholando os primeiros lances do "drama curioso" de Aurélia Camargo. A indagação indignada de Crica comprovava sua suspeita. Mas dona Glaura resolveu que não responderia nem de imediato, nem diretamente. Afinal, a neta viera segurando aquela pergunta presa na garganta até ali, não foi? E só para não dar o braço a torcer, como não? E apenas a soltara quando já não aguentava mais, certo? Pois dona Glaura decidiu que também sabia jogar esse mesmo jogo...

— Gozado você chamar a Aurélia de "garota"...

— Ora, ela tem dezenove anos, não é?

— É, sim... Mas ela é bem madura. Você vai ver!

— E que história é essa de ela ser rica agora, mas já ter sido muito pobre? Como é que ficou rica? Milagre? Desses de historinha de criança?

— Não, mas você vai saber disso depois... tem a ver com o passado dela, e com o que aconteceu que partiu o seu coração. Está tudo contado mais à frente na história...

— Não gosto dessas histórias que deixam coisas que já aconteceram para contar depois.

— E por que não?

— Porque... me deixa nervosa.

— Nervosa... com vontade de descobrir logo a coisa toda?

— Mais ou menos.

— E será que o escritor não faz isso de propósito, de implicância com o seu leitor?

— Humm, malandragem demais pro meu gosto! Mas aquela idiota tá mesmo querendo comprar um marido? Será que ela acha que isso vai fazer ela feliz?

— Foi o que ela disse, não foi? E repetiu. Você não acha que essa Aurélia Camargo é bem do tipo que sabe o que quer... e por que quer?

— E daí? Amor não tem nada a ver com dinheiro. Quando uma coisa mistura com a outra, é nojento. Eu sei, eu... sei.

Crica engasgou emocionada. Dona Glaura apressou-se a preencher o vazio:

— Acordos desse tipo eram comuns, e aceitos, na época. Muita gente diz que, em *Senhora*, Alencar pôs à mostra, para quem quisesse ver, que o casamento, em seu tempo, na sociedade do Rio de Janeiro, havia se transformado num balcão de comércio. Rapazes de talento e formação, mas pobres, caçavam ricas herdeiras, cuja família não tinha um filho a quem transmitir os negócios. E vice-versa, sempre uma transação envolvendo o dote, dinheiro, bens... Ou então, o que estava em questão era o dever que os pais, os "homens da casa", julgavam ter em relação às filhas. Os pais acreditavam que suas filhas só teriam um futuro amparado se passassem da autoridade deles para a de um outro homem, o marido. E tratavam de arranjá-lo!

— O que é a mesma coisa que dizer que mulher tem miolo mole! Que cabeças, hein? E valia tudo para não *encalhar*! As moças precisavam casar, nem que fosse comprando um idiota para marido.

— Hoje, é fácil falar. As garotas estudam, viram profissionais, têm carreira. Naquele tempo, havia a casa, o marido e os filhos, e mais nada. O mundo do trabalho e dos negócios, e mesmo da rua, era domínio dos homens. Uma mulher dirigindo uma empresa? Nem pensar! Nem os seus próprios negócios, nem a sua herança. Nem mesmo sua conta no banco, quando tinham algo assim. Simplesmente não se pensava que uma mulher fosse capaz disso... Era como uma desmoralização, você entende?

— Entendo que eles eram uns idiotas, naquele tempo!

— Crica... o tempo muda tanta coisa... Uma mulher que trabalhasse fora, na época, só como uma serviçal, quase uma escrava. Havia escravos ainda, e uma mulher, mesmo necessitada, se quisesse respeito não poderia se expor na rua, nem executar um trabalho que a colocasse lado a lado com os cativos. Olha, quando surgiram os primeiros bondes, no Rio de Janeiro, os jornais publicavam editoriais dizendo que aquele meio de transporte nunca iria atender a senhoras e senhoritas *de classe*. Sabe por quê?

— Não... Quer dizer, imagino! Você vai me dizer que...

— Que eles achavam o fim do mundo que as vestes das tais senhoras e senhoritas *roçassem* nos trajes dos *cavalheiros*.

Crica caiu na risada.

— É o que você tem de entender... Uma moça, ou mesmo uma senhora, uma viúva, por exemplo, poderia ter tido uma boa educação, mas ter perdido o marido, ou pai, ou o protetor, um padrinho, e aí ter ficado sem dinheiro para viver. Nesse caso, o máximo que se admitia era que ela fizesse costuras e docinhos para fora, ou desse aulas de piano. Quem pagava pelo serviço entendia estar fazendo uma caridade, para ajudar, e às vezes quem recebia a paga acreditava nisso também. Mas pelo menos era uma maneira de ganhar um pouco de dinheiro sem sair de casa, sem deixar a proteção e o recato do que consideravam mundo feminino. Sem... *se degradar*!

— Mas essa Aurélia...

— A resposta à sua pergunta é sim! Aurélia realmente quer comprar um marido. Mas note que não é qualquer um... é uma pessoa em especial. Alguém por quem ela estava esperando e por quem também faria tudo para conseguir. E Aurélia não é nenhuma bobinha, como você pode estar pensando. Ao contrário do que se esperaria de uma mulher, na época, ela não deixou o tio espertalhão cuidar do dinheiro dela. Ficou à frente dos seus negócios e é ela quem dá ordens ao tio! Ela se achava no direito de decidir que propriedades adquirir, no que investir... e de *comprar* o marido que desejasse!

— E quem era esse sujeito?

Dona Glaura não respondeu, apenas sorriu outra vez. Já estavam chegando à varanda da casa e Maurício estava lá, sentado, fumando seu cachimbo, esperando por elas. Dona Glaura lhe deu um beijo na testa, deixou o livro sobre uma mesinha e entrou apressada, prometendo voltar logo:

— Só vou passar uma água no rosto. Você quer alguma coisa, Maurício?

— Talvez um café — resmungou ele, correndo os olhos da capa do livro sobre a mesinha para Crica, que havia passado direto por ele, dando-lhe um "Oi!" mais do que ligeiro e de má vontade, e já aproveitando a deixa da avó para entrar na casa, com a intenção de se trancar no seu quarto. Mas Maurício não se conformou:

— Ah, lendo *Senhora?* Será que nossa aborrescente ultra-pós-moderna vai se identificar com sua xará romântica?

— Tá falando de mim? — deteve-se Crica, voltando-se para Maurício.

— Ora! — ele exclamou. — Parabéns. Pelo menos isso você entendeu.

Crica olhou porta adentro — o telefone começara a tocar e a avó já havia sumido no interior da casa, provavelmente para atendê-lo — e avaliou por alguns instantes se estava no momento com disposição suficiente para mais um pega com Maurício, o que equivalia (disso Crica já tinha se dado conta) a fazer exatamente o que ele queria. Talvez, a melhor maneira de azedar aquele sorriso debochado dele fosse mesmo deixá-lo falando sozinho. E ela já estava quase decidida a isso quando Maurício (talvez percebendo que estava prestes a perder a presa) tornou a atacar:

— Aurélia Camargo... Uma mulher terrível! Vingativa... Vocês, mulheres, com poucas exceções, são tão vaidosas que perdem a capacidade de perdoar! Nessa sua família, então...

Foi a conta. Crica retornou dois passos, virou-se e enfrentou o professor aposentado com o olhar disparando faíscas:

— Vou dizer de outro jeito. Se tá achando que tá falando de mim, não tá é dizendo coisa com coisa.

— Será? Então por que você vestiu a carapuça, *Aurélia Cristina?*

O primeiro impulso de Crica foi xingar pesado, fazer um gesto bem mal-educado contra ele e lhe dar as costas. Mas ela respirou fundo e achou que, de repente, talvez tivesse um jeito melhor de aborrecê-lo.

— Você dava aula do que mesmo?

— Você está cansada de saber. De literatura!

— Não é à toa que eu sempre odiei aula de literatura. Coisa sacal!

— Não me admira *você* achar isso — replicou Maurício. Sua voz era calculada para passar tranquilidade. Mas quem tivesse percebido a mordida involuntária que ele pregara na ponteira do cachimbo saberia que o desaforo de Crica o acertara em cheio. — De fato, aposto que você nunca teve uma aula de literatura na vida!

— Já perdeu — bancou Crica.

— Perdi? O que é que você aprendia... ou por outra, o que é que ensinavam a você, nessas tais *aulas de literatura?*

— Me ensinavam tudo!

— Tudo o quê? Diga...

— Qualé? Tá querendo ver se eu sei, é? Vai me dar nota depois?

— Ainda estou esperando você dizer alguma coisa.

— Aprendi... Ora, aquela chatice de estilos de época, de escolas literárias, de...

— Está vendo? — berrou Maurício, com o rosto vermelho e triunfante, agitando o braço de tal maneira que a brasa do seu cachimbo voou longe. — Repito, você nunca teve uma aula de literatura!

— Ficou doido? Surdo? Não escutou o que eu falei?

— Você teve aula de *história da literatura* e pensou que era aula de literatura. São coisas totalmente diferentes! Você foi enganada, sua tonta. Comprou gato por lebre!

Crica ficou alguns segundos paralisada, tentando pensar. Mas não conseguia, de tanta raiva, de tanta vontade de pular em cima de Maurício e lhe cravar as unhas.

— Literatura — retomou o professor — não são datas, nomes, essa conversa furada de características de época. Cada escritor é um, único. Cada livro, também. Pelo menos, os melhores. Todos estes são muito maiores do que *sua época*. E sabe por quê? Você sequer imagina por quê?

A garota passara da fúria rubra para a lívida, e Maurício não precisou de mais do que um relance para decidir que ela não lhe daria resposta alguma.

— Porque um livro, o que ele vale e o que ele significa, é o que diz ao coração da gente, que o lê. É a vida da gente, o que conversa com os livros. Não com manuais de estilos de época nem teorias de literatura. Você nunca teve uma aula de literatura porque nunca puxaram de você um diálogo com os livros, nem o que cada livro tinha a ver com você. Aposto que deram uma lista de *características*, bem-arrumadinhas no quadro-negro, uma debaixo da outra, para você marcar certo uns xizesinhos, umas cruzezinhas bem burraldos no vestibular. Mas nunca leram esses livros para vocês... nem muito menos *com* vocês. Um bom personagem é uma criatura viva, um ser vivo. Os personagens não são feitos de carne e osso, mas têm alma! E é um ser que se mostra em toda a sua intimidade a quem o lê. Pessoa alguma se mostra tanto a nós. Há personagens que nos deixam marcas lá por dentro. Para sempre. Por meio deles, nos enxergamos e nos conhecemos melhor, até quando nossa história de vida e nosso jeito de ver o mundo são totalmente diferentes. Não importa. Importa é a intensidade! E uma boa história... Uma boa história é todo um mundo. É *um outro mundo* que se oferece para nós. É preciso ler e sentir. Quando a gente lê um bom livro, entra dentro dele. Começa a fazer parte dele. Daí, a gente compara com o mundo que conhece, ou que acha que conhece, e isso revira a cabeça da gente tanto e tanto que...

— Quer parar de me dar aula! — exigiu Crica, explodindo, afinal, como uma tampa de panela de pressão que rompesse a presilha. — Só fala besteira! Não quero saber o que você acha de coisa nenhuma!

— Ah, é? Glaura está lendo *Senhora* para você. Não imagina nem de leve o que essa história tem a ver com você?

— Pode ser qualquer coisa, mas não é da sua conta. E pra falar a verdade não tem nada a ver comigo! Nada! É uma história de séculos atrás! Até o jeito deles de falar era esquisito!

— Ora, e o que você queria? Que eles falassem gíria de tevê? Será que você não consegue ver o jeito deles de falar como uma... máquina do tempo? Uma coisa que nos transporta... para outra época, para um jeito de viver diferente do nosso! É como...

— Por mim, podiam se enterrar. A máquina do tempo e você junto! Chega de aula, tá sabendo? Eu sei o que eu vivi! Não foi história de livro, não! Vocês é que querem me convencer que foi bobagem, criancice. Mas, não foi. Se fosse, não doía tanto, tá sabendo? O que é que uma história velha pode ter a ver com o que eu tô sentindo? Você não sabe de nada!

Maurício manteve os olhos sobre Crica, enquanto apanhava o livro de cima da mesa. Sua voz de repente soou cheia de calor:

— Crica... você ainda nem percebeu o quanto essa história está tocando você. Eu estou vendo. Sua avó também, provavelmente. Até porque ela já devia estar esperando isso mesmo... E quanto ao que esse livro tem a ver com você... Este volume — Maurício abriu-o; a encadernação de couro sobrepunha-se à capa original — é uma preciosidade. Uma primeira edição, de 1875. Vê aqui as assinaturas na folha de rosto?

Maurício já não falava provocativamente. Então, talvez por isso, ou talvez porque realmente já estivesse curiosa a respeito daquelas assinaturas, Crica hesitou, começou a se acalmar e chegou mesmo a se aproximar para ver o que Maurício lhe mostrava.

— Tem a assinatura da minha avó aí... e umas datas...

— Sim, era um costume de muita gente... Num livro que passava de uma geração para outra, cada pessoa que o recebia o assinava e embaixo da assinatura anotava as datas em que o havia lido e relido.

— Você quer dizer... que a minha avó já leu esse livro...

— Crica foi contando as datas — ... dezoito vezes?

— Isso mesmo. A primeira data abaixo do nome dela é de... 1947. — Maurício deu a data sem precisar olhar; sabia perfeitamente em que ano dona Glaura lera *Senhora* pela primeira vez, naquele volume que tinha nas mãos. — Foi quando o recebeu da avó dela. Olha aqui esta assinatura...

E Crica leu: *Aurélia Cristina Martiniano*. De repente, a caligrafia como que se revelou para a garota, que chegou a se admirar de não ter conseguido lê-la antes, mesmo na olhada rápida que dera. Havia mais uma assinatura naquela folha:

— G. M.... — murmurou a garota — ... ela é...

— A avó da avó da sua avó, que nasceu em 1840.

— O nome dela era Glaura... Martiniano.

— Isso, agora olhe que coisa interessante — disse Maurício, e sua voz já se tornava levemente provocativa outra vez, mas Crica estava intrigada demais com o livro que tinha nas mãos para reparar. — Aqui, na capa original. Eu disse a você que este livro é uma primeira edição. Uma raridade, muito, muito valiosa. Olhe a capa... Veja o nome do autor que está na capa...

— Ora — precipitou-se Crica — eu sei quem escreveu o *Senhora*. Foi o José de Alencar...

E, de repente, Crica arregalou os olhos, porque, na capa daquela primeira edição, como autor — ou autora — estava impresso *G. M.*

A garota encarou Maurício, quase assustada. O professor aposentado sorria, deliciado.

— Mas que história é essa?

— Uma última coisinha. Está vendo esta marca desenhada aqui? — Maurício abria outra das páginas iniciais do livro. — Chama-se ex-líbris. Você sabe o que é isso?

— Nem desconfio.

— Então... — e Maurício tomou o livro das mãos de Crica e o fechou, de repente, sobressaltando a garota com uma risada de vitória total. — ... acho bom você descobrir! Ou nunca vai saber o que este livro tem a ver com você.

— Não acredito! — gritou Crica, sentindo a raiva voltar toda de uma só vez às faces. — Você não vai me contar? Não vai dizer mais nada? Seu... Você armou tudo isso, me puxou para essa droga de livro, e agora...

— Vou dizer sim, sua petulantezinha. Vou dizer mais uma vez que você vai adorar conhecer essa tal de Aurélia Camargo, do romance. E vai se identificar muito com ela. Você mal largou suas bonecas, mas já tem essa coisa de não perdoar uma falha, uma fraqueza, um erro sequer de um homem. De ficar se achando...

— Mas do que é que você está falando agora? — berrou Crica, entre confusa e completamente fora de si.

— De mim. — A voz tranquila, anunciando a volta da avó, às suas costas, conteve o bote de Crica sobre Maurício, que parecia inevitável, a essa altura, ainda mais porque o professor aposentado também estava tomado de uma irritação anormal, mesmo em seus duelos frequentes com Crica. — Ele está falando de mim, Crica. E dele mesmo. De nós dois, eu e ele.

Dona Glaura se deteve um instante, respirou fundo, depois andou até a mesinha, sobre a qual colocou a bandeja com as xícaras, o bule de café, o pratinho com bolachas e o pote com manteiga.

— E de uma conversa que ele até hoje não teve comigo. Não se incomode com o que ele disse, Crica. Venham, vocês dois... Vamos tomar café. Vá pegar uma latinha de refrigerante na geladeira para você, querida... Venha, Maurício. Vamos!

Maurício como que murchara. Ele e dona Glaura se encaravam: a senhora, serena; ele, a cada segundo mais encolhido, e Crica passando os olhos de um para o outro, tentando entender o que estava acontecendo. Finalmente, Maurício, sem dizer nada, voltou as costas e desceu os degraus da varanda...

— Ele... está indo embora?

— Está — suspirou dona Glaura. — Já fez isso uma vez... Há mais de cinquenta anos...

— Como é que é?

Dona Glaura sorriu para a neta...

— Uma história antiga... Mais uma.

— Mas o que é que deu nele? Estava ainda mais pirado do que de costume.

— O livro... Maurício tem muita mágoa do *Senhora*. Ele o culpa... — Dona Glaura deteve-se, encarou a neta com um sorriso cúmplice. — Posso contar essa história para você. Aliás, vou contar. Mas quer que seja agora, ou prefere... — e pegou o *Senhora* da mesa — saber quem é o sujeito por quem nossa Aurélia Camargo está disposta a pagar a considerável soma de cem contos de réis?

— E ele vai se vender, não vai?

— É o que você acha?

— Não ia me surpreender nadinha!

— De qual amor estamos falando agora? — disparou dona Glaura.

Crica fez um gesto irritado e fechou a cara. Dona Glaura examinou-a, pensou um pouco e arqueou a sobrancelha, ao comentar:

— Bem, bem... Você e o Maurício até que têm um bocado em comum, sabia? — e reiniciou a leitura.

Havia à Rua do Hospício, próximo ao campo, uma casa que desapareceu com as últimas reconstruções.

Tinha três janelas de peitoril na frente; duas pertenciam à sala de visitas; a outra a um gabinete contíguo.

O aspecto da casa revelava, bem como seu interior, a pobreza da habitação. (...)

Outra singularidade (...) era o frisante contraste que faziam com a pobreza carrança dos dois aposentos certos objetos, aí colocados, e de uso do morador. (...)

Se o edifício e os móveis estacionários e de uso particular denotavam escassez de meios, senão extrema pobreza, a roupa e objetos de representação anunciavam um trato de sociedade, como só tinham cavalheiros dos mais ricos e francos da corte.

Esta feição característica do aposento repetia-se em seu morador, o Seixas, derreado neste momento no sofá da sala, a ler uma das folhas diárias, estendida sobre os joelhos erguidos, que assim lhe servem de cômoda estante. (...)

— Mano, já acordou?

— Entra, Mariquinhas, respondeu o moço, do sofá. (...)

— Divertiu-se muito, mano?

— Nem por isso. (...) não valeu a pena; perdi a noite quando podia recobrar-me das péssimas que passei a bordo. (...)

— Sabes quem lá estava? E era a rainha do baile?... A Aurélia!

— Aurélia... repetiu a moça buscando na memória recordação desse nome. (...)

— Ah! já sei, exclamou a moça vivamente. Aquela que morava na Lapa? (...)

— Você gostava bem dela, mano.

— Foi a maior paixão da minha vida, Mariquinhas!

— Mas você esqueceu-a pela Amaralzinha, observou a irmã com um sorriso.

Seixas moveu a cabeça com um meneio lento e melancólico (...).

— Está rica então?

— Apareceu-lhe de repente uma herança... Creio que dum avô. Não me souberam bem explicar; o certo é que possui hoje, segundo me disseram, cerca de mil contos.

— Ela também tinha muita paixão por você, mano! observou a moça com uma intenção que não escapou a Seixas.

Tomou ele a mão da irmã:

— Aurélia está perdida para mim. Quantos a admiravam ontem no Cassino, podem pretendê-la, embora se arrisquem a ser repelidos; eu não tenho esse direito, sou o único.

— Por quê, mano? (...)

— Depois... depois eu te direi. (...)

Filho de um empregado público e órfão aos dezoito anos, Seixas foi obrigado a abandonar seus estudos na Faculdade de São Paulo pela impossibilidade em que se achou sua mãe de continuar-lhe a mesada. (...)

O pai de Seixas deixara seu escasso patrimônio complicado com uma hipoteca, além de várias dívidas miúdas. (...)

Partilhados estes bens, D. Camila, a mãe de Seixas, por conselho de amigos, pôs o dinheiro a render na Caixa Econômica (...).

No geral conceito, esse único filho varão devia ser o amparo da família, órfã de seu chefe natural. Não o entendiam assim aquelas três criaturas, que se desviviam pelo ente querido. Seu destino resumia-se em fazê-lo feliz (...).

Que um moço tão bonito e prendado como o seu Fernandinho se vestisse no rigor da moda e com a maior elegância; que em vez de ficar em casa aborrecido, procurasse os divertimentos e a convivência dos camaradas; que em suma fizesse sempre na sociedade a melhor figura, era para aquelas senhoras não somente justo e natural, mas indispensável. (...)

Brincava Fernando com as irmãs, quando bateram palmas à escada. As meninas fugiram pela alcova; o Seixas sem mudar de posição, disse em alta voz:

— Suba! (...)

Borbotou, é o termo próprio, borbotou pela sala adentro a nédia e roliça figura do Sr. Lemos que de relance fez às carreirinhas um zigue-zague e atochou à queima-roupa no Seixas estático três apertos de mão um sobre o outro, coroados das respectivas cortesias. (...)

— A quem tenho a honra de receber?

Lemos tirou do bolso uma carta que apresentou ao moço fitando nele o olhar perspicaz. (...)

— Estou pronto a ouvi-lo com toda a atenção. (...)

O Lemos bamboleou-se na cadeira com sua frenética alacridade e prosseguiu:

— Trata-se de uma moça, sofrivelmente rica, bonita, a quem a família deseja casar quanto antes. Desconfiando desses peralvilhos que por aí andam a farejar dotes, e receando que a menina possa de repente enfeitiçar-se por algum dos tais bonifrates, assentou de procurar um moço sisudo, de boa posição, embora seja pobre (...). A pequena é rica bastante e dota o marido com cem contos de réis em moeda sonante.

Como Seixas se calasse: (...)

— (...) Nem recusa, nem aceita?

— Sua proposição, Sr. Ramos, permita-me esta franqueza, não é séria, disse o moço com a maior urbanidade. (...)

— (...) Compreendo que um homem sacrifique-se por qualquer motivo nobre, para fazer a felicidade de uma mulher, ou de entes que lhe são caros; mas se o fizer por um preço em moeda, não é sacrifício, mas tráfico. (...)

— Bem, resumiu o velho. Não são negócios que se resolvem assim de palpite. O Sr. Seixas pensará, e se como eu espero decidir-se, me fará o favor de prevenir. (...)

Lemos voltara satisfeito com o resultado da sua exploração. Era o velho um espírito otimista, mas à sua maneira; confiava no instinto infalível de que a natureza dotou o bípede social para farejar seu interesse e descobri-lo. (...)

— Não se recusam cem contos de réis, pensava ele, sem razão sólida (...).

Não sei como pensarão da fisiologia social de Lemos; a verdade é que o velhinho não mostrou grande surpresa quando uma bela manhã veio dizer-lhe seu agente que o procurava um moço de nome Seixas. (...)

— Mande entrar!

Quando Seixas chegou ao escritório (...).

— Queira sentar-se; já lhe falo. (...)

Desde que entrara, Seixas mostrava em sua fisionomia, como em suas maneiras, um constrangimento que não era natural ao seu caráter. Parecia lutar contra uma força interior que o demovia da resolução tomada (...).

— Ora!... O Sr. Seixas!... O meu amigo desculpe!... (...)

— O Sr. Ramos mantém a proposta que me fez anteontem em minha casa? perguntou Seixas. (...)

— Um dote de cem contos no ato do casamento, é isto?

— Resta-me conhecer a pessoa.

— Ah! (...) Não tenho autorização para declarar, senão depois de fechado nosso contrato. (...)

— Qual a razão deste mistério? Faz suspeitar algum defeito, observou Fernando.

— Garanto-lhe que não; se o enganar, o senhor está desobrigado. (...)

— Aceito; mas com uma condição. (...)

— Preciso de vinte contos até amanhã sem falta. (...)

Seixas era homem honesto; mas (...) sua honestidade havia tomado essa têmpera flexível da cera que se molda às fantasias da vaidade e aos reclamos da ambição. (...)

No dia seguinte à visita de Lemos, logo pela manhã, D. Camila procurou um pretexto para ir à alcova do filho.

— (...) Fernandinho. Há um moço, aqui mesmo desta rua, que tem paixão pela Nicota. Está começando sua vida; mas já é dono de uma lojinha. (...)

D. Camila contou então ao filho os pormenores do inocente namoro; Fernando concordou com prazer no casamento. (...)

— (...) Então [disse D. Camila] há de ser preciso tirar algum dinheiro da Caixa Econômica por conta do que ela tem para cuidar do enxoval. (...)

Fernando saiu contrariado. Com a vida que tinha, avultava sua despesa. (...) No fim do ano, quando chegava a ocasião de saldar a conta do alfaiate, sapateiro, perfumista e da cocheira, não havia sobras.

Recorreu ao dinheiro da Caixa Econômica; e não teve escrúpulo de o fazer (...) esperando uma aragem de fortuna para restituir ao pecúlio o que desfalcara. Mas em vez da restituição, foi entrando por ele de modo que muito havia se esgotara.

Onde pois ia ele buscar o dinheiro que a mãe lhe pedira para o enxoval; e mais tarde o resto do quinhão da Nicota? (...)

Ao escurecer, tornando a casa para trajar-se (...) achou três cartas (...).

Uma era do Amaral. Enchia duas laudas (...). Em suma o pai de Adelaide escrevera uma folha de papel para preparar o pretendente a um próximo arrependimento da promessa. (...)

As duas outras cartas eram simplesmente umas contas avulsas, mas não insignificantes (...). Viu nesse fato a prova esmagadora da ruína que ia tragá-lo e de que eram documentos as contas não pagas e as dívidas acumuladas. (...)

Esta perspectiva o horrorizava. Entretanto sua posição nada tinha de assustadora. Com um pouco de resolução para confessar à mãe suas faltas, e algumas perseveranças em repará-las, podia ao cabo de dois anos de uma vida modesta e poupada restabelecer a antiga abastança.

Mas essa coragem é que não tinha Seixas. Deixar de frequentar a sociedade; não fazer figura entre a gente do tom; não ter mais por alfaiate o Raunier, por sapateiro o Campas, por camiseira a Cretten, por perfumista o Bernardo? (...) Não andar no rigor da moda?

Eis o que ele não concebia. (...)

Este pânico da pobreza apoderou-se de Seixas, e depois de trabalhá-lo o dia inteiro, levou-o na manhã seguinte à casa do Lemos, onde efetuou-se a transação (...).

· 8 ·
Ex-líbris

Quando dona Glaura entrou na biblioteca, ainda pegou o movimento rápido de Crica, fechando um livro grande e pesado sobre a mesa:

— Ora — dona Glaura não perdoou — não precisa consultar escondido o dicionário. Faz muito bem em querer saber o significado de uma palavra que você não conhece. Achou o que estava procurando?

— Achei... — respondeu Crica reticente. — E não tenho vergonha nenhuma de procurar palavra no dicionário... Não quero é que ele fique sabendo. A senhora não vai contar!

— Para quem mesmo? — implicou dona Glaura.

— O chato...

— O Maurício...

— Ele falou nessa marca impressa numa das páginas logo no início do livro.

— Ah, *nosso* ex-líbris.

— Nosso?

— Você estava procurando o que quer dizer ex-líbris no dicionário, é isso?

— Ele disse que era importante...

— Bem, o que você achou?

— Achei uma explicação, mas não entendi... É uma marca que quer dizer que aquele livro pertence a alguém. Lembrei agora que já tinha visto antes esse "M" todo enfeitado... no costado das cadeiras da sala de jantar... e também no alto da entrada do sítio.

— Ele já esteve em toda parte, por aqui, em outros tempos. Meu pai marcava até gado com um "M"... de Martiniano.

— Mas no livro está diferente.

— No livro tem uma pena atravessada no "M"... e o ex--líbris quer dizer que este livro é da família Martiniano, nossa família. Para ser mais precisa, ele *mora* nesta biblioteca, aqui, há mais de cem anos. Foi a avó da minha avó quem o trouxe para cá.

Crica olhou em volta. Aquela biblioteca, com sólidas estantes de madeira escura, sempre lhe havia parecido um cenário de filme.

— E o livro... Por que nele o autor é uma tal de... G. M. e não José de Alencar?

— Como você sabe que é *uma* tal?

— É que como o José de Alencar fala que o livro não foi ele quem escreveu, logo no início... e como a avó da sua avó...

— Glaura Martiniano... Será que foi ela quem escreveu o livro e o entregou ao escritor para que o publicasse? Ou será que foi ela quem contou a história de Aurélia Camargo ao Alencar? Um mistério e tanto, não é?

— E a senhora não vai me dizer o que é o quê, certo? — replicou Crica em tom malcriado.

— Vou, sim, espertinha. Pelo menos vou dizer o que eu acho... — e dona Glaura forçou uma pausa, até para curtir um pouco da cara feia que Crica fez. — É tudo uma lenda. Bem charmosa, admito, mas só lenda. Foi o Alencar quem escreveu o *Senhora*, claro. Todos sabem disso. E ele usou pseudônimos também em outros livros que publicou, até ver qual seria a reação do público. Depois, assumiu a autoria. A G. M.

aparece em outros livros dele, também, não apenas em *Senhora*. Mas, quer saber de uma coisa? Isso não importa nada. Nada mesmo.

— Como não? — exclamou Crica.

— Para nós? Não... Importa é *como* lemos o livro. E o que ele passou a significar para aquela primeira Glaura, de mais de cem anos atrás.

Crica pensou por uns instantes. Não parecia convencida.

— Olhe só o que o livro *fez* dela! — prosseguiu Glaura. — Foi minha xará ancestral quem mandou construir esta biblioteca. Imagine o que pensavam nossos homens, os Martiniano, na época: "Ué! Pra que tanto livro? Que coisa inútil! Dá até dor de cabeça". — Crica riu, com a caricatura de sotaque matuto feita por Glaura. — Eles só queriam saber de gado, de lavoura, de comércio. Mas, Glaura Martiniano costumava receber rodas de escritores e outros artistas, já na antiga mansão da família, no Rio de Janeiro. Diziam, quando eu era criança... — Glaura deteve-se um instante como que sondando o interesse da neta.

— Diga... por favor! Vai me deixar chupando dedo?

— Bem, diziam que ela teve muitos admiradores. Falavam de dois ou três duelos de pretendentes apaixonados... de um suicídio...

— Não brinca! Que romântico!

— Sabia que você ia gostar! Talvez o pobre desgraçado que se matou não tenha achado tanta graça, afinal. Curioso...

— O quê?

— Foi vovó Aurélia quem me deu o livro. E tivemos uma conversa parecida, exatamente aqui, nesta biblioteca onde nós estamos.

Crica teve um sobressalto e sentiu um arrepio no corpo, como se de repente a sala tivesse ocupantes invisíveis esvoaçando logo abaixo do teto. Observando... escutando... esperando a hora de se mostrar. "Ou vai ver que saltam dos livros à meia-noite", imaginou.

— O que eu sei — prosseguiu dona Glaura — é que *Senhora* sempre foi importante na nossa vida. O livro foi acompanhando a história das mulheres da família. Cada uma de nós o leu pela primeira vez num momento importante, e o foi relendo, ao longo dos anos, amadurecendo com ele...

— Como eu agora... Você está...?

— Fazendo o que minha avó Aurélia fez, quando me deu *Senhora* para ler. Foi num momento em que (depois eu compreendi) eu precisava justamente ler esse romance. Como ela soube? Como ela pressentiu? Porque ela também o recebeu num momento como esse, da avó dela, Glaura... Nossa G. M., tão misteriosa. E porque ela também teve... aventuras na vida... o suficiente para entender o que eu estava passando. Mas tudo isso são hipóteses. Vovó Aurélia era uma presença sutil. Falava pouco. Deixava as coisas no ar. Fazia tudo discretamente, sem dar explicações... Quem pode saber o que se passava no espírito dela?

Glaura acariciou a encadernação de couro e por um instante seu olhar se focalizou num canto da sala, como se estivesse revendo a cena. Havia um canapé ali, naquele tempo, feito da mesma madeira escura das estantes. Glaura, a avó da garota, estava deitada com a cabeça no colo de Aurélia. Tinha olheiras fundas, arroxeadas, o rosto pálido e febril, de tanto desgosto. Aurélia com uma mão lhe alisava os cabelos, longos e anelados, na época, enquanto lhe passava o *Senhora* com a outra...

— Foi quando... aconteceu o lance entre você e o Maurício, não foi? — soltou Crica, num repente.

Dona Glaura como que despertou, espantada, e voltou-se para a neta:

— Como você adivinhou?

— Eu não sei! — exclamou Crica, sentindo outro arrepio.
— Acho que... Não, eu não sei. Só passou na minha cabeça de repente. Droga, vai ver esse livro aí, com ex-líbris e tudo, é mal-assombrado... Será que isso existe?

— Maurício costuma dizer que os livros ganham espírito daqueles que os leem... — Mas, dando com o ar assustado de Crica, Glaura emendou, suspirando: — Ah! Não se impressione. Sempre tivemos muita intuição nesta família.

— Você quer dizer...

— Sim, nós, as mulheres da família. Nossos homens, bem... eles entendem de outras coisas.

— Sabe, vó? Tem horas que você fala e eu fico pensando na gente como uma daquelas famílias de bruxas...

— Bem... — disse dona Glaura, entre divertida e espantada. — É quase isso.... Mas ao mesmo tempo não é nada disso.

— Quando eu era pequena, uma vez, caí na besteira de contar para uma menina lá da escola que, quando eu vinha para o sítio, a gente, eu e você, a gente ficava no cemitério, e era lá que você me contava histórias... Sabe o que aconteceu?

— Imagino... — dona Glaura abriu um sorriso.

— Pois é... Logo, a turma inteira estava me chamando de "fantasminha". Isso não foi legal. E, pensando bem, essa história de cemitério é mesmo muito estranha.

— Você acha? Jura... Você se sente estranha lá? Alguma vez teve medo?

Crica ficou cismando por alguns instantes...

— Não... e isso é estranho também.

— Ora, por quê? — impacientou-se dona Glaura.

— Gente normal acha isso muito estranho. Gente normal não gosta de cemitério... Tem medo!

— De perto ninguém é normal! Não é o que diz aquele CD que você vive escutando?

— Do Caetano... Ué! — surpreendeu-se Crica. — Não sabia que você prestava atenção nas músicas que eu escuto.

— Por que não? Gosto de muita coisa que você gosta... Isso me faz uma avó estranha também? Ora, Crica, francamente. Quanto preconceito!

Ficaram se encarando, as duas, por dois segundos, então caíram na risada... Crica controlou-se primeiro.

— Você vai me contar a história agora? — pediu Crica.

— Do Maurício... e de mim?

— Ontem ele não veio aqui...

— Está sentindo falta? Não me diga!

— Claro que não... Mas eu queria saber!

— Então, conta primeiro a sua... Tenho direito de pedir! Sou mais velha!

— Chantagista!

— Então...?

Crica caminhou alguns passos pela biblioteca repleta de estantes e livros, correu os dedos pelas lombadas, e tudo isso de costas para dona Glaura, como se temesse que a avó lesse em seu rosto o que ela ainda não decidira como iria contar... e se queria (ou mesmo se conseguiria) contar.

— Ela conseguiu o que queria, não foi?

— Quem?

— Aurélia...

— Ah, a do livro. Você andou lendo... sem mim? — queixou-se dona Glaura.

— Vovó! — bronqueou Crica. — Você já leu esse livro dezoito vezes! Sabe tudo de cor!

— É verdade... — sorriu dona Glaura. — Até onde você leu?

— Vi o idiota do Seixas descobrir que a tal noiva era a Aurélia, a antiga namorada dele, e daí pensar que ela continuava apaixonada por ele, porque não sabe que foi ela quem *encomendou* a compra. O tal do Lemos fez ele acreditar que ela não sabe de nada dos cem contos de réis, que espera apenas se casar com o homem da vida dela... Como é que pode ser tão convencido? Explica?

Dona Glaura deu de ombros.

— Daí, eles se casam e, de noite, quando o cara está crente que vai fazer a festa, a Aurélia manda ele se sentar quietinho, que precisa lhe dizer umas coisinhas... Daí, parei. Aí já é outra parte do livro, que começa a contar o que aconteceu dois anos antes de toda essa encrenca. Acho que agora é que a gente vai saber o que houve entre a Aurélia e o cretino do Seixas, e como ela ficou rica.

— E antes mesmo de saber o que aconteceu você já acha que ele é o malvado da história, não é?

— Eu acho é que ele aprontou... e aprontou pra valer pra cima da Aurélia. Não sei ainda o quê. Fico só com pena dela. Aposto que sofreu um bocado por causa dele. Um filhinho de mamãe, as irmãzinhas paparicando, e ele gastando o pouco que elas tinham para se vestir e se perfumar que nem um boneco. Tirou até o dinheiro da poupança delas. Agora tá devendo a todo mundo, todo enrolado... E se casou com a Aurélia por causa da grana! Grana é só o que interessa prum sujeito desses, que nem... — Crica brecou; mas dona Glaura caiu em cima provocativa, fazendo ar de suspense.

— Que nem...?

Crica ergueu os olhos até encontrar os da avó. Sentiu neles uma enorme ternura, não apenas de avó para neta, mas algo mais fundo.

— Eu vivi muito, Crica... vivi muita coisa... — disse a avó, como se adivinhasse o que Crica estava tentando compreender.

— Ele às vezes me lembra o Juninho, sabia?

— Juninho...

Até então, já há dez dias no sítio e, da boca de Crica, "ele" ainda não havia ganhado nome.

— Vai dizer que não sabe? Aposto que meus pais deram a ficha completa de tudo o que aconteceu.

— Óbvio! — brincou dona Glaura. — Mas nem precisava. Saiu tudo na tevê. Eu assistia às notícias e dizia comigo: "Puxa! Essa minha neta aprontou uma de fazer inveja a todas as outras..."

— As bruxas...! — resmungou Crica.

— Sabe, acho até que elas não iam se importar de ser chamadas assim. Mas tenho uma coisa para dizer a você... Rubens me telefonou.

— O que o meu pai quer me encher? Até aqui?

— Bem, primeiro passar uns recados. Há uma fileira de amigas e amigos seus que ficam telefonando o tempo todo para saber como você está... e quando volta! Tem gente que está com um bocado de saudade de você, hein, menina?

Crica sorriu, brevemente, mas observando alguma coisa ainda em expectativa no rosto da avó, indagou, desconfiada:

— Não foi só isso, né, vó? O que é?

— É sobre esse garoto... o Juninho. Ele tem telefonado lá para a casa de vocês.

Crica ficou paralisada. Queria e não queria escutar.

— Seu pai receia... que ele possa aparecer por aqui.

— Não pode, não... Nem me lembro de ter falado pra ele daqui do sítio. E se falei, não disse onde era.

— Era o que o seu pai achava. Mas, posso...

— Pode contar isso pro meu pai, sim, pra ele ficar calminho, lá na empresa dele, fazendo e desfazendo, e não me ligar mais.

— Mas e se ele vier, se ele descobrir?

— O Juninho? Como?

— Não sei... E se acontecer?

Crica ficou um tempo em silêncio, depois disparou:

— Acho que eu mato ele!

Dona Glaura soltou uma gargalhada, que a neta não entendeu.

— Juro! — protestou Crica.

— E eu acredito... você nem sabe o quanto eu acredito!

Crica fez uma pausa, depois falou, fitando o teto... A máscara de raiva foi se dissolvendo e sua voz traiu toda a tristeza que a garota vinha comprimindo em seu íntimo:

— Aquele Seixas, o do livro... Parece mesmo o Juninho. Pensei que *ele*...

Crica ficou congelada em algum lugar longe dali, e em outro tempo, e seu rosto se tornou opaco. E ela não pareceu capaz de dizer mais nada, porque os seus olhos brilharam, umedecidos, e ela se atirou nos braços da avó.

— Dói, vó... dói muito... Dói tanto! E depois de tudo que a gente passou, depois de tudo que a gente fez para ficar juntos. Quer dizer, eu pensei... — e Crica soltou um soluço lá do fundo.

Dona Glaura apertou-a, muito e muito, e ficaram as duas ali paradas, em silêncio, até que a senhora se pôs a falar...

• 9 •
Há mais de 50 anos...

"Conheci o Maurício... quase desde que aprendi a andar. Nós crescemos juntos e, quando eu tinha uns quinze anos... descobri que estava apaixonada por ele. E que ele estava apaixonado por mim, embora o imbecil não tivesse se dado conta disso. Levou um tempo até ele compreender... até a gente se olhar um dia, os dois juntos ainda querendo fingir que brincávamos feito crianças... e então a gente se beijou.

Maurício sempre morreu de medo do meu pai. Quem não morria? Só havia uma pessoa no mundo que o fazia baixar a crista, a mãe dele, minha avó Aurélia. Dela, ele não abusava. Mas ela era doce comigo, sempre me fez sentir que, acima de tudo, era minha amiga... ela também teve suas histórias...

Acho que vó Aurélia adivinhou tudo, só de me ver. Ficava me cercando, jogando indiretas. E às vezes, na mesa do jantar, quando meu pai me perguntava, cheio de autoridade, por onde eu tinha andado a tarde toda, ela se antecipava e dizia que havíamos estado passeando, e que tínhamos terminado no cemitério, conversando até o cair da noite. Mentira, mas nunca precisei pedir que ela mentisse por mim, nem ela também nunca me cobrou nada por essa cumplicidade espontânea. Sequer falava no assunto. Ela esperou... que eu fosse a ela, foi isso. Nunca me perguntou nada, na verdade, apenas me fazia sentir que, quando eu precisasse, ela estaria ali para conversar comigo e me apoiar. Eu iria precisar... e muito...

Quem sabe ela já sabia disso também?

Meu pai... bem, ele resmungava que cemitério não era lugar de passeio... Mas parava por aí. Os homens de nossa família sempre foram bons para lidar com dinheiro. E sensibilidade zero, para certas coisas. Mas ele era um marido carinhoso, minha mãe o adorava, e eles ficavam juntos o tempo todo.

Bem, chegou uma hora em que eu já não aguentava mais aquela situação de namorar escondido, de medo de ser descoberta, do que poderia acontecer. Maurício e eu sabíamos que não ia dar para esconder por muito mais tempo. Começamos a falar em fugir, em ir viver nossa vida juntos, longe daqui. Então...

Então, ele fugiu. Sozinho.

Um dia eu acordei, feliz com a vida, e ele tinha desaparecido da fazenda. Fora embora de madrugada.

Quando consegui acreditar no que ele tinha feito, eu quis morrer. Achei mesmo que ia morrer, que não ia aguentar tanta dor me comendo por dentro..."

• 10 •

Mistérios do coração partido

— Ele nunca mais voltou, até agora? — perguntou Crica.
— Voltou... Dois anos depois. Uns meses antes de eu me casar com o seu avô...
— E aí?
— Aí...? Eu já era outra pessoa. Eu... já tinha crescido, à custa de toda aquela dor. Para poder superar a dor, entende? O amor que eu sentia por ele... tinha desaparecido. Ele voltou um dia, parou-me no meio de uma trilha dessas aí, quando eu estava cavalgando... Nem deixei ele começar a falar. Joguei o cavalo em cima dele, derrubei-o na poeira, quase fiz o animal pisoteá-lo... E berrei para ele nunca mais se atrever a me mostrar a cara.
— Bem feito!
Glaura olhou para a neta, meigamente.
— Eu, hoje, não tenho tanta certeza, Crica. Nem sequer ouvi o que ele tinha a dizer. E por causa disso, até hoje, não sei... fiquei sem saber.
— Não interessa! — berrou Crica, quase chorando.
Glaura respirou fundo, fez uma pausa, esperou dois segundos até a neta se acalmar e continuou:
— O fato é que... Bem... O Maurício fugiu, todo mundo estranhou, mas ninguém nunca soube de nada do que houve entre a gente. Só vovó Aurélia. Ela soube sem eu contar. Adi-

vinhou que eu estava sofrendo mais do que podia aguentar. Então, deu-me o *Senhora* pra ler... Ela disse... Ela disse tanta coisa naquele dia... Disse que a partir daquele momento o livro era meu, por direito... E eu entendi o que ela quis dizer, quando comecei a ler... a gente começou a dar os tais passeios, dessa vez de verdade, todas as tardes, e terminava conversando no cemitério. Conversando sobre amor, sobre tudo que eu sonhei com o Maurício. Não me lembro direito como, nem quando, mas entre a leitura do *Senhora* e essas conversas, eu me vi um final de tarde conversando com ela sobre o que eu ainda queria viver da vida, você entende? Foi aí que percebi que ainda queria viver!

Crica assentiu com um lento movimento de cabeça, e ficou calada por alguns segundos — agora era dona Glaura quem estava emocionada. A seguir, a garota perguntou:

— Ela foi mesmo uma "bandoleira"?

— Vovó Aurélia? Mas quem disse isso a você? O *certinho* do seu pai?

— Foi... — confessou a garota, sem jeito. — Ele contou que ela passou muito tempo afastada da família, viajando com um bando de sujeitos esquisitos, que procuravam tesouros escondidos, pelo interior do país. E que ela atirava com uma espingarda...

— ...melhor do que qualquer homem das redondezas... Isso é verdade. E também montava melhor do que muito peão experiente aqui da fazenda. Aliás, foi ela quem me ensinou a montar.

— Ela tinha se apaixonado por um dos sujeitos do bando, não foi?

— "Bando" é o jeito do seu pai chamá-los. Não eram bandidos. Eles eram o que na época se chamava de exploradores, que tentavam conhecer todas as fronteiras do país, mesmo onde homem nenhum havia ainda pisado. Eram... aventureiros... caçadores de coisas especiais na vida... Mas, quanto à minha avó ter se apaixonado por um deles, sim... naturalmente! O que mais a faria sair por aí assim? E quando voltou para cá, depois de muita andança, veio com um filho pequeno enrolado numa manta... o meu pai. Ele ficou com o sobrenome dela, Martiniano, como é tradição em nossa família. O homem por quem ela se apaixonara havia morrido de febre, num interior desses. Vovó chegou, não deu satisfações a ninguém do que fizera durante os anos todos de ausência, e se instalou como dona da casa. É o que eu sei, porque o resto, bem, tem um bocado de histórias sobre a vovó Aurélia. Mas nenhuma contada por ela.

— Então conta a sua história... continua!

— Humm... Aí pelos vinte anos, casei-me com o seu avô, mudei para o Rio, mas nunca na verdade me afastei por completo daqui. Sonhava com a casa, a biblioteca, a varanda, com as paisagens, com o caminho que atravessa a ponte sobre o riacho e vai dar no cemitério... Pressentia que meu lugar é aqui... É aqui. Agora e para sempre.

— Você não amava o vovô?

Glaura sorriu...

— Você imagina quantas vezes eu me fiz essa pergunta?

— E quantas vezes mais leu *Senhora*, pra ver se respondia...

Dona Glaura voltou-se para a neta, dessa vez genuinamente surpresa. E talvez tenha relembrado algo que sua avó Aurélia houvera lhe dito também, naquele dia, ou em algum outro, num passeio em meio à tarde ou diante do pôr do sol, no cemitério; ela dissera... que só um coração partido para ensinar coisas do mundo. Isso fazia mais de cinquenta anos.

— Aquele livro guarda mistérios do amor, Crica. Não é só a história, não são só os personagens... É algo... nele! O amor que está entranhado naquele livro é tão intenso que contamina a gente. Mistérios... que vão crescendo dentro da gente... Cada vez que eu lia *Senhora*, enxergava uma coisa diferente. E o amor... A cada vez eu via a mim e via ao amor de uma maneira diferente. Não sei explicar melhor do que isso.

— Mas e o vovô? Ele era tão legal!

— Você se lembra dele, não é? Ele era... legal. E eu o amei muito. Sofri, quando ele morreu, embora a gente já estivesse separado fazia tanto tempo.

— Mas se você o amava, por que se separaram?

— Porque... Oh, meu Deus, fizeram-me tanto essa pergunta e eu não soube responder. E ainda não sei... Pode ser porque... eu até podia amar seu avô, e o amaria, daquela maneira que era entre nós, até o fim... Mas de repente aconteceu uma coisa na minha vida e eu compreendi... que precisava viver. Não dava para tentar me conter. Nem para perguntar se era ou não era amor, ou então o que seria o amor. Não! Não me importava se era amor, essa era a verdade. Era algo que eu queria. Eu queria. Dá para entender?

— Mais ou menos.

— Mistérios... — refletiu dona Glaura, quase se esquecendo da neta, nos seus braços. — ... coisas que a gente não responde... cuja resposta... perde a importância de repente. Um dia, a gente se dá conta de que está mudada; que tem coisas que não importam mais! Que tem algo que fica, que importa, agora, mais do que tudo.

— Isso é que é amor?

— Eu não sei — espantou-se Glaura. — Quem sabe você descobre?

— Humm... — Crica pensou um pouco. — Quando foi que o Maurício voltou... desta vez?

— Faz uns três anos... Ele já tinha tido a vida dele, e eu a minha. Jonas estava morto havia cinco anos.

— O tio Jonas, eu me lembro dele.

— *Tio?* Foi como seu pai habituou você a chamá-lo?

— Você não ia gostar de saber como é que meu pai chamava o tio Jonas.

— É, acho que não. Conhecendo o seu pai, acho que não, mesmo... Mas isso também não importa mais.

Por um instante, o espírito de Glaura voou para o pequeno cemitério, para junto do monumento embaixo do flamboaiã. Seus dedos como que sentiram o toque na laje de mármore, e de seus lábios brotou um sussurro imperceptível: "Com todo o meu amor!"... E quando sua atenção retornou à biblioteca, Crica já havia mudado de assunto.

— Mas como foi que aconteceu? O Maurício simplesmente apareceu uma noite e disse: "Olá!"... depois de tanto tempo?

— Foi quase assim... O Maurício me mandou uma carta, contando tudo o que se passou na vida dele, nos anos em que não nos vimos, mas nem uma palavra sobre o que houve entre nós. Terminou dizendo que havia comprado um sítio aqui perto e que estava se mudando para cá. Pelas coisas que o Maurício me escreveu na carta, acho que ele andou me acompanhando, aquele tempo todo... Mais de cinquenta anos!

— Mas aí...

— Aí, foi como você disse. Ele apareceu uma noite por aqui e disse: "Olá! Como vai, Glaura?", exatamente assim. E ficou me olhando como se fosse capaz de me reconhecer, se cruzasse comigo na rua. Cinquenta anos! Eu jamais o reconheceria.

— E você...

— Ri muito da cara dele, todo formal. Ele ficou embaraçado, até que eu consegui me controlar e lhe ofereci um café. Daí, começamos a conversar sobre... diversos assuntos. Mas pouco conversamos sobre o passado. Pelo menos, diretamente. Nunca me lembro do passado, quando estou com ele, agora, essa é a verdade. Conversamos sobre livros, na maior parte do tempo. É uma delícia escutá-lo falar sobre livros.

— Então, por que ele detesta o *Senhora*?

— Ele não detesta... — riu-se malandra dona Glaura. — Maurício é incapaz de detestar qualquer livro. Talvez ele queira culpar o livro, de vez em quando, por eu não o ter perdoado, anos atrás. Ele diz que eu fui... "envenenada" pelo *Senhora*. Mas fala sem ressentimento, não diz de coração. Ele ama os livros. É que talvez... a Aurélia o faça recordar coisas que ainda doam...

— Ou o Seixas...

— Ou o Seixas.

— Vó...

— Que foi?

— Vocês estão namorando?

Dona Glaura arregalou os olhos.

— Ora, eu não sei... A gente só conversa, joga baralho, vê filmes no vídeo... Só isso, você sabe... Não sabe?

— Já tive namoros assim.

— Já? — exclamou dona Glaura, quase espantada.

— Quando eu era... menor... pequena! Eu comecei cedo, sabia? Nove anos.

Dona Glaura assentiu de cabeça, ainda com os olhos arregalados, mas, agora, deliciada... e logo as duas caíram na risada e se abraçaram mais ainda... Como se não fossem se soltar mais, pelo resto da noite.

• 11 •
Uma órfã na rua Santa Teresa

Dia seguinte, sol se pondo...
Já ao cruzar a ponte, sobre o riacho de águas embaçadas, Crica sentiu um cheiro forte e adocicado soprado de logo mais à frente. Em torno do pequeno monumento de pedra, debaixo do flamboaiã, havia um tapete de flores roxas. Eram as flores que exalavam o perfume, e curiosamente tinham o odor mais acentuado justamente quando se desprendiam dos ramos da árvore.
Crica aproximou-se devagar, porque logo avistou também, de costas, e tão absorta como se estivesse voando, dona Glaura. Ela a viu inclinar-se para tocar a laje de mármore, sobre o assentamento de pedras, e permanecer nessa posição por alguns instantes. A garota foi chegando, por trás da avó, que logo percebeu, ergueu-se, com o *Senhora* apertado junto ao peito, e sorriu para Crica, que não tirava os olhos do monumento.
— Tio Jonas não está aí de verdade, não é?
— Não... — murmurou dona Glaura.
Não havia mágoa, nem, talvez, houvesse sequer tristeza, no semblante da senhora. Pelo menos foi o que Crica pensou, tentando compreender. E o que a garota pensou, olhando pa-

ra o rosto da avó, foi: "O que ela tem é saudade... Isto é que é saudade", compreendeu Crica.

— Nunca acharam o corpo! — completou dona Glaura, depois de uma longa pausa.

Crica assentiu de cabeça. Lembrava-se, ainda. Não estava no sítio, quando receberam a notícia da morte do "tio Jonas", num acidente de helicóptero. O aparelho havia caído no mar — acharam os destroços, o corpo do piloto, mas o dele jamais foi encontrado. A garota lembrou-se também de tudo o que se falou, em sua casa, na época, sobre Jonas, sobre Glaura, e o romance dos dois, já de trinta anos. "Esse sujeito nunca sequer teve a decência de ir morar com minha mãe, nunca se casaram", protestava Rubens, pai de Crica. "Um aventureiro, vivia pelo mundo fazendo... 'negócios'. Que negócios? E ela abandonou meu pai por ele, quando eu era ainda criança. Fugiu de casa, praticamente, e foi morar naquele sítio, para ficar esperando por ele... quando ele aparecia!"

Cinco meses depois do acidente, dona Glaura mandou construir o discreto monumento em memória de Jonas. A revolta de Rubens foi maior ainda: "Meu pai, ela não levou para aquele cemitério. Já o tal sujeito... que nem está lá de verdade... Mas não me admira nem um pouco. Ela não nos largou aqui, para poder ficar com ele?"

— Eu mandei fazer este monumento, quando decidi que não podia mais ficar como se o mar fosse desengolir o Jonas e devolvê-lo para mim.

Crica observava, fascinada, a avó, ali parada, junto ao monumento de pedra, dando-se conta de que conhecia muito pouco o lado dela de toda a história. Haviam conversado sobre isso, pela primeira vez, fazia poucos dias; de vê-la ali e de aprender do rosto dela o que era saudade, Crica imaginou que provavelmente o que ela diria do "tal sujeito que só aparecia vez por outra e a deixava esperando feito idiota, sem saber quando ele viria", ou de como ela vivera esse romance, seria algo bem diferente da compreensão que o seu pai tinha.

Logo, dona Glaura ofereceu a mão a Crica — costumavam andar por aquele cemitério de mãos dadas, quando Crica era criança; mas, naquele momento, a garota sentiu algo totalmente diferente... uma proximidade, ou solidariedade; deram-se as mãos como amigas. Foram se sentar na mesma borda mais alta de um dos canteiros, e dona Glaura começou a ler.

Dois anos antes deste singular casamento [de Aurélia e Seixas], residia à Rua de Santa Teresa uma senhora pobre e enferma.

Era conhecida por D. Emília Camargo; tinha em sua companhia uma filha já moça, a que se reduzira toda a sua família. (...)

Quando moça, D. Emília Lemos teve inclinação por um estudante de medicina, que dela se apaixonara. Certo de que seu afeto era retribuído, Pedro de Sousa Camargo, o estudante, animou-se a pedi-la em casamento. (...)

(...) [Pedro] era filho natural de um fazendeiro abastado, que o mandara estudar e tratava-o à grande. Não o tinha porém reconhecido (...).

(...) Pedro Camargo jamais se animaria a confessar o seu amor ao pai, que lhe inspirava desde a infância, pela rudeza e severidade da índole, um supersticioso terror. (...)

Entretanto o casamento fora celebrado na matriz do Engenho Velho, em segredo, mas com todas as formalidades; pois os noivos eram maiores, e haviam requerido as dispensas necessárias.

Por esse tempo o fazendeiro Lourenço de Sousa Camargo recebeu o aviso de que o filho vivia com uma rapariga que tirara de casa da família. (...)

Despachou imediatamente o velho um de seus camaradas, o mais decidido, com intimação ao filho para recolher-se à fazenda no prazo de uma semana. O emissário trazia ordem terminante de conduzi-lo à força, caso não obedecesse.

Pedro Camargo arrancou-se aos braços de sua Emília prometendo-lhe voltar breve para não mais separarem-se. (...)

Faltou, porém, ao moço a coragem para afrontar novamente as iras do fazendeiro com a revelação do seu casamento. (...)

Assim correram os dias, e prolongou-se a ausência de Pedro Camargo. (...)

Emília muito sofreu com essa ausência (...).

— Quando é que vai ter um homem no mundo com coragem? Feito a gente! — protestou Crica, aos berros, chutando o chão e interrompendo a leitura.

Quando se deu conta, a garota viu dona Glaura olhando para ela, sobressaltada.

— Não vá desenterrar os mortos, Crica! — disse dona Glaura.

Foi a vez de Crica assombrar-se, e olhar para dona Glaura sem ter certeza do que ela falava... A senhora apontou para o buraco que Crica abrira no chão, com seu chute.

Crica respirou fundo:

— Continua, vó! — ela pediu.

Ao cabo de um ano, desvanecidas senão dissipadas as suspeitas do velho fazendeiro, consentiu ele que o filho viesse à corte de passagem.

Reviram-se os dois esposos depois de tão longa ausência, e amaram-se nesses poucos dias por todo o tempo da separação.

Encontrou Pedro Camargo já com dois meses o seu primeiro filho, a quem deu o nome de Emílio (...).

Continuou este singular teor da vida dos dois esposos que passavam juntos em sua casinha da Rua de Santa Teresa algumas semanas intercaladas por muitos meses de separação (...).

Emília se resignou à sorte que lhe reservara a Providência (...).

— Idiota! — protestou, de novo gritando, Crica. Novo olhar, agora debochado, da avó, e a garota disse outra vez: — Continua, vó. Continua...

— Tem certeza de que aguenta até o final?

Crica bufou, ainda irritada. Dona Glaura retomou a leitura.

(...) Pedro Camargo era filho natural ainda não reconhecido, seu futuro dependia exclusivamente da vontade do pai, que podia abandoná-lo como a um estranho, deixando-o reduzido à indigência. (...)

— Procurar emprego e ganhar o próprio dinheiro, nem pensar! — acusou Crica.

— Crica... talvez ele pudesse... mas ia ganhar muito pouco. Naquele tempo, ou se era rico ou se era pobre, às vezes quase passando necessidades. Não havia muita folga no meio-termo, entende? A vida também não era fácil para os homens. Só se já nascesse rico. Se não, e se por sorte conseguisse instrução, sua única possibilidade de subir era conseguir casar-se e ganhar um dote, para ter capital para entrar no mundo dos negócios. Lembre que era um tempo em que só havia o comércio para ganhar dinheiro. Não havia indústria no Brasil, quase todos os produtos manufaturados vinham da Europa e, o que se consumia em casa, era feito pelos escravos e empregados domésticos. Muitos rapazes tentavam como via de acesso social, e modesta por sinal, o serviço público. É o que fez o Seixas. Mas também aí não se entrava nem se progredia sem um belo de um pistolão.

— Mesmo assim, esse...

— Atenção! Nossa heroína vai entrar agora em cena! — cortou dona Glaura, e prosseguiu a leitura.

A esse tempo já lhe havia nascido também uma filha que chamou-se Aurélia, por ter sido este o nome da mãe de Pedro Camargo, infeliz rapariga, que morrera da vergonha de seu erro. (...)

Cresceram os dois filhos de Camargo; ambos eles receberam excelente educação. As liberalidades do velho fazendeiro permitiam que Pedro tratasse a família com decência e abastança (...).

Haviam decorrido doze anos depois do casamento de Pedro Camargo (...), quando seu caráter fraco e irresoluto foi submetido a uma prova cruel.

Por diversas vezes mostrara o fazendeiro ao filho desejos de vê-lo casado (...).

Afinal, porém, o pai exigiu formalmente dele que se casasse, e indigitou-lhe a pessoa já escolhida. (...)

Pedro opôs à vontade do pai a resistência passiva. Nunca se animou a dizer não (...).

Dona Glaura acelerou de propósito a leitura, exatamente neste trecho, para evitar outra explosão, já desenhada no cenho franzido da neta...

A resistência à vontade do pai (...) e as sublevações da sua consciência (...) abalaram violentamente o robusto organismo desse homem (...) não feito para essas convulsões morais. (...)

Pedro Camargo foi acometido de uma febre cerebral, e sucumbiu (...).

Emília cobriu-se do luto que não despiu senão para trocá-lo pela mortalha. (...)

A viuvez tornou ainda mais isolada e recolhida a existência de Emília, acrescentando-lhe a indiferença e desapego do mundo. (...)

Só uma inquietação a afligia, ao pensar no próximo termo de seu infortúnio; era a lembrança do desamparo em que ia ficar sua filha Aurélia, já nesse tempo moça, na flor dos dezesseis anos.

Dessa vez, foi dona Glaura que se deteve, notando uma lágrima descer pelo rosto de Crica... As duas ficaram se olhando, e a avó não precisou perguntar nada à neta.

— Ela já sabe que vai morrer, não sabe? Emília... Morrer de paixão, coitada! — balbuciou Crica.

Dona Glaura assentiu com um movimento de cabeça e envolveu a neta com um olhar todo meigo:

— Você está começando a se tornar *uma de nós*, vida minha! — disse a senhora para Crica.

A garota enxugou os olhos e replicou:

— E quando o cretino do Seixas vai aparecer?

— Logo... — prometeu dona Glaura.

O Emílio, que podia ser o amparo natural da irmã, (...) não estava infelizmente nas condições de receber o difícil encargo. Ao caráter irresoluto do pai, juntava ele um espírito curto e tardio. Apesar de haver frequentado os melhores colégios, achava-se aos dezoito anos tão atrasado como um menino de regular inteligência e aplicação aos doze anos. (...)

Nessas circunstâncias, a mãe só via para a filha o natural e eficaz apoio de um marido. (...)

— Vai atrás! — rebelou-se Crica, levantando-se e fazendo menção de ir embora. — Desde quando dá pra confiar em homem?

Dona Glaura despachou a raivinha da neta com um sorriso:

— Muita gente pensava como Emília, até há pouco tempo. Muita gente ainda pensa.

— Gente que não sabe de nada! — gritou Crica. Dona Glaura prosseguiu, enquanto Crica arriava de novo, como se algo a grudasse, impedindo-a de se ir.

(...) [Emília] não cessava de tocar à Aurélia neste ponto, e a propósito de qualquer assunto. (...)

— Ah! se eu te visse casada! (...)

— Vai para a janela, Aurélia.

— Não gosto! respondia a menina.

— Para a janela? — Crica não quis acreditar. — Que nem fosse para uma vitrina com um cartaz dizendo: "Quero casar"? É isso mesmo? Não, tô entendendo errado! Não pode ser!

— Pode... — respondeu dona Glaura. — E era assim mesmo. Não havia shoppings, pontos de encontro... Quem não tinha dinheiro para se vestir e ir aos bailes, ia para a janela. Era assim que os rapazes da cidade podiam ficar sabendo que uma moça existia. Ficar se mostrando na rua não era coisa educada. A moça tinha de aparecer... sem sair de casa, entende? Crica, se você não pensar que a época e os modos de vida eram outros, não funciona. Vá conhecendo como era... E por favor, me deixe ler.

Crica resmungou alguma coisa, mas não interromperia mais a leitura.

O golpe que sofreu por esse tempo, ainda mais a dispôs do sacrifício de suas aspirações.

Emílio, reconhecendo-se muito fatigado, uma tarde de excessivo calor, cometeu a imprudência de tomar um banho frio. A consequência foi uma febre de mau caráter que o levou em poucos dias.

Aurélia não deixou a cabeceira do leito desse irmão, a quem ela amava com desvelo maternal. (...)

A viúva que mal resistira ao golpe da perda do filho, ainda mais se aterrava agora com o isolamento em que ia deixar Aurélia. (...)

Redobraram pois as insistências da pobre viúva; e Aurélia ainda coberta do luto pesado que trazia pelo irmão condescendeu com a vontade da mãe, pondo-se à janela todas as tardes. (...)

Não tardou que a notícia da menina bonita de Santa Teresa se divulgasse entre certa roda de moços que não se contentam com as rosas e margaridas dos salões (...).

Seixas ouvira falar da menina de Santa Teresa (...).

Aconteceu porém jantar na vizinhança em casa de um amigo (...). Veio a falar-se de Aurélia (...).

Depois do jantar, no fim da tarde, saíram os amigos a pé, (...) para mostrar a Seixas a falada menina, e convencê-lo de que era realmente um primor de formosura. (...)

Em frente da casa de D. Emília, pararam os amigos formando grupo, e Seixas pôde contemplar a gosto o busto da moça. (...)

Quando, porém, Aurélia enrubescendo volveu o rosto, e seus grandes olhos nublaram-se de uma névoa diáfana ao encontrar a vista escrutadora que lhe estava cinzelando o perfil, não se pôde conter Fernando que não exclamasse:

— Realmente...

E, de repente, para Crica, as palavras deixaram de ressoar. Era como se não fosse mais dona Glaura, com o livro nas mãos, que estivesse lendo, e nem estivessem ali no cemitério. Ela se via na cena. Ou como se fosse quase um filme, e ela assistindo. Quase, e ao mesmo tempo era diferente. Porque via certas coisas, outras não, sentia o que alguns dos personagens sentiam, e quase se convencia de que podia interferir na cena.

Via Aurélia, via Seixas, e os dois ganhavam rostos... Quase era ela, no papel de Aurélia. E Seixas, quem poderia ser...? Ela não queria ver o rosto *daquele* Seixas.

Mas o que viu e entendeu (ou como entendeu a cena que vislumbrou) foi que desse primeiro olhar que Seixas lançou em Aurélia toda a história dos dois se definiu. Porque o moço a conquistou, sem saber que o amor que estava despertando logo se tornaria maior e mais forte do que ele próprio. Foi algo assim, e Aurélia quem sabe só tivesse percebido isso aos poucos (como Crica logo percebeu, ao *escutar e ver* a cena), que o homem que ela amava tanto era menor do que o amor que ela sentia.

Dona Emília, a mãe da moça, também se enganara: "Deus ouviu a minha súplica. Agora posso morrer descansada". E Seixas até mesmo chegou a pedir a mão de Aurélia. Mas aí, justamente neste ponto, começou a pensar...

Crica sentia ganas de unhá-lo. E se estivesse ao vivo na frente dela, no mínimo o atacaria a chutes. Lia os pensamentos dele das frases do livro... Seixas já começava a se assustar. Casar com uma moça sem dote, sem bens, sendo ele também sem riqueza? A que vida estava se condenando?

Uma *condenação*, era assim que já via o amor de Aurélia, "um amor tão, tão lindo...", e foi quando surgiu a outra moça, a Amaralzinha, com seu pai oferecendo um dote de trinta contos. Foi o que bastou para Seixas ir se afastando de Aurélia, arrependido até de haver se apaixonado por ela. Uma noite, finalmente, Seixas foi à casa de Aurélia já decidido a romper o noivado:

— Sei que a fatalidade que nos separa não pode romper o elo que prende nossas almas, e que há de reuni-las em mundo melhor. Mas Deus nos deu uma missão neste mundo, e temos de cumpri-la.

— A minha é amá-lo. A promessa [de casamento] que o aflige, o senhor pode retirá-la tão espontaneamente como a fez. Nunca lhe pedi, nem mesmo simples indulgência, para esta afeição; não lha pedirei neste momento em que ela o importuna.

— Atenda, Aurélia! Lembre-se de sua reputação. Que não diriam se recebesse a corte de um homem, sem esperança de ligar-se a ele pelo casamento?

— (...) Sejamos francos: o senhor já não me ama; não o culpo, e nem me queixo.

Seixas balbuciou umas desculpas e despediu-se.

Aurélia demorou-se um instante na rótula, como costumava, para acompanhar ao amante com a vista até o fim da rua. (...)

"Por favor, por favor", suplicava Crica, como se seu pensamento pudesse alcançar Aurélia, no livro ou na visão da garota. Como se estivesse num daqueles sonhos horrorosos, nos quais não se consegue gritar. "Por favor, não goste dele tanto assim." E Crica torceu as mãos, nervosa, quando Aurélia recebeu uma carta anônima, denunciando que Seixas a abandonara por trinta contos.

(...) Acabando de ler estas palavras [Aurélia] levou a mão ao seio, para suster o coração que se lhe esvaía.

Nunca sentira dor como esta. Sofrera com resignação e indiferença o desdém e o abandono, mas o rebaixamento do homem a quem amava era suplício infindo (...).

"Ele não merece!", berrou intimamente mais uma vez Crica, querendo que Aurélia lhe desse ouvidos, querendo abraçá-la para que as duas chorassem juntas. Mas era tarde demais. Aurélia já se entregava a uma desilusão tão profunda, que nem quando a fortuna, literalmente, bateu-lhe à porta, reanimou-se.

E a fortuna veio de seu avô, o fazendeiro pai de Pedro Camargo. Depois da morte de Pedro, haviam lhe mandado uma carta, contando afinal a história do casamento de Emília e Pedro e dos netos. O velho enviara algum dinheiro, mas nunca tomara a iniciativa de um contato com eles. Tantos anos, e ele aparecia ali, agora. Tinha então setenta anos, um homem que sofrera muitas perdas na vida, mas que agora se mostrava disposto a resgatar algumas delas.

O velho Camargo foi-se embora prometendo voltar, e deixou nas mãos de Aurélia um documento, em envelope fechado, pedindo que o guardasse. Foi como se pressentisse algo, porque morreria logo depois. No envelope, estava o seu testamento, que deixava para Aurélia todos os seus bens.

Mas antes, ainda, morreria a mãe de Aurélia, Emília. Aurélia tornara-se rica, mas carregava aquela dor incurável de seu amor enganado, e não tinha mais ninguém próximo a ela. Sentia-se o coração mais solitário da Terra.

"Não! Você não está sozinha! Eu sei o que você está passando! Eu senti isso também!", desesperava-se Crica, sem ser escutada, realimentando o sofrimento de Aurélia dentro de si, e como que vendo a moça olhando em volta e sabendo que ela procurava uma razão para continuar a viver. "Você tem a mim", tentava lhe dizer Crica, e para si mesma dizia, logo a seguir: "E eu, agora, tenho você".

E foi porque Crica estava sentindo tudo isso vibrando dentro dela, quando dona Glaura interrompeu a leitura — já com o *Senhora* encerrando o desvio de ida e volta ao passado, e retornando à câmara nupcial de Aurélia e Seixas — e levantou os olhos, deu com a neta chorando, o corpo todo estremecendo em soluços que lhe cortavam a respiração.

— Dói, vó! Dói demais... — gemeu Crica, dessa vez por ela e por Aurélia.

• 12 •
As bruxas

O amor da minha vida
apareceu diante de mim, ontem, finalmente.
Finalmente.
Eu esperei por ele, tanto e tão... completamente.
O amor da minha vida chegou com uma rosa vermelha
[na mão
tirada do nada. E não dava para amá-lo mais do que
[amei, assim que o vi.
Ele chegou do nada, também. Mas chegou e já
[encontrou lugar
no meu coração, ocupou-o, e me chamou para dançar.
O amor da minha vida tem olhos que sonham
o tempo inteiro. Tem cabelos que se espalham e sonham
[também.
Tem a voz que sonha ao soar.
Ele é todo sonhado, o amor da minha vida. E amar
a ele, que surgiu ontem, enfim e finalmente, é meu destino,
desde antigamente, de quando a música que a gente
[dançava dizia:
"Minha fantasia no mundo era você e eu".

O amor da minha vida apareceu. Ele veio.
Eu sabia que viria. Chegou, e eu sabia que chegava, um
[dia.
O amor da minha vida existe. E eu só vivi até hoje
para acreditar que ele existia.

— É lindo! — exclamou dona Glaura, num tom de voz baixo, quando terminou de ler e reler, e reler mais uma vez, ainda, o poema, escrito à mão, numa folha de bloco de papel amarelo-cremoso, perfumado, que a neta lhe passara, dobrada. Não precisava perguntar; soube logo que fora Crica que o escrevera. Apenas se admirou, e repetiu intimamente: "Nada como um coração partido, para enxergar coisas no mundo", que era outra forma de dizer o que a avó Aurélia, de muitas maneiras, costumava repetir para ela. — Nunca soube que você escrevia... — disse dona Glaura, ainda com os olhos presos aos versos do poema.

— Eu também não sabia... — murmurou a garota, com as lágrimas correndo dos olhos, ainda, e a voz entrecortada. — Descobri... quando me apaixonei pelo Juninho. Tenho um monte deles, escritos.

Dona Glaura assentiu, meigamente. Esperou alguns minutos, mas logo se deu conta de que a garota não diria mais nada. Crica olhava em volta, detinha-se nas lápides, olhava para dentro de si... "O que será que está enxergando?", perguntou-se dona Glaura. Mas não insistiu com a neta. Até porque havia outra coisa que precisava fazer, e era naquele momento, tinha de ser.

Um envelope fechado apareceu nas mãos de dona Glaura. Uma carta. E no que Crica pôs os olhos nela, adivinhou de quem era... A voz da senhora estava pontuada de emoção, quando começou a falar.

— Isto... chegou hoje de manhã. Passei o dia tentando me decidir se devia lhe entregar... e quando. Mas a verdade é que não tenho o direito de ficar com ela, de não dá-la a você. Ela é sua. Não consigo nem imaginar como esta carta pode afetar você... se decidir abri-la e lê-la. Isso me assusta... Sei muito bem é o que o seu pai vai dizer, se souber que eu a dei a você, mas já isso não me importa. Ele não compreenderia. O que eu fiz foi... me colocar no seu lugar. Sei como me sentiria, se não me tivessem dado o direito de ler ou não esta carta.

— Como... como *ele* descobriu onde eu estou? — balbuciou Crica, mas ainda sem fazer um gesto sequer para apanhar o envelope.

— Eu não sei. — E dona Glaura sorriu, já recuperando parte do autocontrole. Ela estendeu o envelope, oferecendo-o. A garota olhava fixamente o envelope, mas ainda não se mexia. Finalmente, disse, apontando a borda do canteiro.

— Deixa aí, vó... Será que a senhora podia ir na frente? Vou pra casa depois.

— Não demore... — disse dona Glaura com um suspiro, levantando-se e examinando o céu. — Acho que vai chover.

Crica assentiu com a cabeça. Dona Glaura fez como a neta pedira, deixou o envelope sobre a borda do canteiro, e se foi, cheia de apreensões.

Crica permaneceu parada por muitos minutos. Ainda havia lágrimas lhe rolando no rosto. Vez por outra, olhava para o envelope, a carta de Juninho. Agora, podia reconhecer a letra no endereçamento. Mas, mesmo assim, não o apanhou. Em vez disso, levantou-se, e se pôs a caminhar entre as lápides, dar voltas em torno delas, parar diante de uma ou outra, tocá-las, acarinhá-las...

— Pensem só... Imaginem vocês... uma garota... — Ela começou a dizer, detendo-se por instantes, mas logo retomando... — Uma garota apaixonada. A primeira vez que ela se apaixona. E ele também... a primeira vez. Imaginem o que é ter... sentir que esse garoto que a gente quer está apaixonado também... Eu sei que o Juninho estava apaixonado por mim. E isso é que dói mais, vocês sabem... Vocês sabem, sim. Dói mais ainda porque ele estava apaixonado por mim e a paixão toda não adiantou. Eu sempre acreditei que o grande barato ia acontecer quando eu me apaixonasse por alguém que também estivesse apaixonado por mim... — Ela brecou outra vez, com um soluço, mas ainda conseguiu dizer: — Acho que só vocês podem saber o que eu estou sentindo. E como dói.

Seus olhos de novo passaram pelo envelope. Ela se aproximou, mas sabia que ainda não o pegaria, se é que fosse pegá-lo.

— Pensem um pouquinho, por favor — disse, voltando-se outra vez para as lápides em torno —, que essa garota sempre se sentiu meio estranha, meio esquisita. Meio boba, até... É verdade! Uma garota que ficava inventando histórias, em que finalmente encontrava alguém que sempre esteve procurando por ela. Que chegava a pensar às vezes que sonhar a vida era melhor do que deixar correr, de olhos abertos. Que tanta gente chegava e dizia: "Mas que bonita você é". Só que ela demorou para se sentir bonita, e só foi se sentir assim... bonita, depois que ele e ela se apaixonaram. Pensem que quando ele e ela se encontraram, só então acharam que o mundo tinha um lugar para eles, mas só porque estavam juntos. E que o amor que sempre sonharam ter, de repente, tinha acontecido, e por isso então a vida deles, até ali, tinha ganhado sentido. Pensem em tudo isso sabendo que nem ele, nem ela nunca haviam feito amor. E que começaram a se tocar, a se conhecer e a se querer cada vez mais forte. E que tinha vezes que a gente não estava junto e que eu interrompia um gesto no ar, ou meu passo na rua, e ficava parada com cara de boba, porque sentia que, naquela hora, em algum lugar, ele tinha pensado em mim, e isso me descolava do chão, para ir ao encontro dele... porque a gente sonhava junto. Queria junto, e só pensava em ficar junto pro resto da vida. Aí...

— O pai dele estava desempregado fazia tempo. A empresa onde ele trabalhava fechou. Disse várias vezes ao Juninho que ia pedir ao papai pra contratar o pai dele. "Mas seu pai tem uma corretora de investimentos. Meu pai é mestre de obras. O que é que tem a ver?". "Ah, eles se viram...!", eu respondia.

— Hoje eu sei que devia ter dado mais atenção quando o Juninho me contou das brigas que andava tendo na casa dele, entre os pais, por causa da falta de grana. Que ele já não aguentava mais. Eu não queria entender o que aquilo tinha a ver com a gente. Mas só tinha. Claro que eu ficava preocupada, mas só por causa do Juninho... e da gente. Então, aconteceu aquela história, o emprego que ofereceram pro pai do Juninho, lá no interior. "Eles querem se mudar pra lá!", o Juninho me contou. "E a gente?", eu perguntei, sentindo uma raiva, uma vontade de ir lá e de xingar todos eles... Ele ficou olhando pra mim, sem conseguir dizer nada, então eu repeti: "E a gente?". (E dessa vez me deu foi vontade de chorar, mas eu segurei.) "Meu pai... ele deu duro a vida inteira. Tá se acabando com essa história de não ter emprego. E o casamento dele com a minha mãe também... Ontem eles estavam superfelizes, pela primeira vez depois de muito tempo, já fazendo planos para a mudança. Tinham acabado de me contar o lance, e já tavam armando tudo. E a gente?... Crica, eles não... não estão pensando na gente." "Mas então a gente tem de pensar! Juninho, você não vai com eles, vai?"...

— Imaginem só nós dois, muito tarde da noite, abraçados, andando na rua, sentindo que o mundo podia estar querendo tomar da gente... tudo. Tudo o que a gente tinha. Tirar da gente aquilo que era só o que a gente tinha! Imaginem a gente se sentindo sozinho, abandonado, sem ter como se defender...

O Juninho disse: "Se a gente pudesse, fugia!". Foi ele quem disse e repetiu: "Se a gente pudesse, fugia!".

— Daí, o que eu sei é que a gente fugiu... Quando viu, estava num hotel bem pequeno, numa cidade bem pequena também, lá da serra, onde ninguém fez muita pergunta, quando a gente chegou. A gente disse que estava em lua de mel e pronto. Ninguém ligava, tanto casal que nem a gente... de vez em quando, alguém dizia: "Mas vocês são tão novinhos...!". A gente ria e se abraçava, comia sanduíche com refrigerante no café da manhã, pizza no almoço, sorvete no jantar, e saía à noite pra dançar... Agora, por favor, sintam dentro de mim. Está lá dentro ainda... o quanto a gente queria fazer amor. O quanto eu queria. E a gente dormia abraçado, tão junto, mas eu dizia: "Não, enquanto a gente estiver assim, escondido, não. Não quero. Não sei por que, mas não quero...".

— E eu pensava pra onde a gente ia, depois dali, e logo, e como que ia fazer. E eu perguntava pro Juninho: "E daqui, pra onde é que a gente vai?".

— Só que o Juninho não respondia. Ele me olhava, a gente se beijava, se abraçava, e nenhum dos dois respondia. Só depois é que eu fui descobrir por que ele não respondia. Imaginem, vocês todas, por favor... pensem... me olhem aqui por dentro, pra ver quanto é que me doeu descobrir.

— Aí, começaram as matérias nos jornais, os pais da gente procurando. Fotos da gente, a tevê, e a gente cada vez com mais medo. Sabia que de uma hora pra outra alguém ia olhar as fotos, ia olhar melhor pra gente... E a gente saía cada vez menos do quarto e eu perguntava cada vez mais pro Juninho: "E agora, o que é que a gente vai fazer?".

— Ele não respondia, eu não respondia, e então uma noite, na tevê, apareceu o pai dele. Primeiro a mãe, chorando; depois o pai, prometendo... Na porta do prédio deles, mostrando o carro novo e dizendo: "Acabou de sair no consórcio, filhão.

E com o emprego novo, lá no interior, vai dar pra ficar com ele. Mas o carro não é pra mim. É pra você, está prometido! Você não vivia dizendo que seu maior sonho na vida era ter um carrinho? Então? É seu, filhão. Volta! Por favor! Acabou a dureza por aqui! Larga essa loucura e..."

— Eu chutei a tevê com ódio. E comecei a berrar xingando o pai dele, a mãe, de chantagistas, de não entenderem nada da gente nem do amor da gente, sujos, pensando que a gente... "Que você ia se vender por uma porcaria de um carro, imagine! Nojentos! Pensar assim da vida é nojento!"

— E o Juninho só me olhava. Daí eu chutei ele, com raiva, e queria que ele dissesse que estava com raiva também, e ele disse: "Eu amo você, Crica. Eu amo você".

— Foi só ele dizer isso e achei que tudo bem. Que era só o que ele tinha que dizer, mais nada. E adormeci sonhando com ele chegando com uma rosa vermelha na mão e me amando... e toda a minha fantasia no mundo era ele e eu.

— Daí, a gente acordou... — continuou Crica, percorrendo as lápides. — Não, por favor, se vocês estão chorando porque já adivinharam o que ele vai fazer... não, ainda não. Deixa eu contar. Porque aí a gente acordou, quer dizer, ele tava com olheiras, depois eu me lembrei disso, depois eu compreendi que ele não havia dormido a noite inteira, e ele disse que ia sair pra comprar o café da manhã, queijo quente, refrigerante... Mas ele não voltou. Eu esperei o dia inteiro... Deitada na cama, sim, podem ver, a dor ainda está dentro de mim... Eu esperei, vi a luz que entrava pela janela ir mudando ao longo do dia e virar noite. Esperei, esperei... Passei a noite em claro, esperando. Esperando acontecer alguma coisa. Não mais o Juninho chegar, que já sabia que ele não vinha, mas um incêndio no hotel, um terremoto. Esperando pra não ter de deixar pra trás. Esperando, até que bateram na porta e eram meus pais, e eles me levaram pra casa, e eu só lembro que fiquei esperando, ainda, lá em casa, em silêncio. Esperando aqui dentro de mim... quase até... agora. É o que eu tenho feito, não é? Tenho feito é esperar. Vocês sabem, e eu sei. Agora, sei também... que tenho que me convencer de que não tem mais pelo que esperar.

E bem nesse momento, despertando Crica, explodiram no céu os primeiros relâmpagos, e começaram a cair grossos pingos de chuva.

• 13 •

Tempestade

Nunca aquele caminho esteve tão escuro. Os relâmpagos rompiam a escuridão, mas cada clarão apenas dava a Crica a sensação de não saber mais onde estava, naquela trilha que conhecia tanto. E os trovões que se seguiam mais e mais a desnorteavam, fazendo-a perder o controle de seus pensamentos — ou mesmo impedindo-a de pensar qualquer coisa. Outro trovão, outro relâmpago, e ela saiu em disparada na escuridão. Mais outro trovão, outro relâmpago, a chuva escorrendo em seu corpo como se ela estivesse debaixo de uma queda-d'água. E realmente estava debaixo de uma cortina d'água que caía como se o céu de todas as histórias de fada e de todos os contos de horror viesse sobre ela.

Mais um relâmpago, outro trovão, e ela já não tinha mais a menor ideia de que lado estaria a casa do sítio. Na verdade, sequer sabia para onde estava indo, ou se ainda se mantinha na trilha. Via cenários transformados, que não reconhecia. Via coisas surgirem da escuridão, como se saltassem sobre ela, e desaparecerem, subitamente, como se também a escuridão as houvesse tragado. A mesma escuridão que ia engoli-la, uma bocarra sem tamanho, aberta, a garganta, o hálito sobre ela.

Ela estava chorando, estava gritando, mas não sabia o que gritava...

Então, algo a agarrou, e ela soltou, não um grito, mas um urro de terror, e começou a se debater.

Algo a agarrara, sem dúvida, e tentava evitar que ela escapasse. Crica não pronunciava palavras, apenas gritava e gemia, tentando se soltar, inutilmente, e não adiantava lhe pedir, junto ao ouvido, que não tivesse medo, que se acalmasse, que tentasse ver, ouvir, reconhecer...

Outro relâmpago, e ela enxergou de relance o vulto que a segurava, coberto com uma manta, como uma dessas imagens que só surgem para sugar almas. E mais ainda a garota tentou lutar. Quando, então, ele puxou para trás o capuz e descobriu a cabeça:

— Sou eu Crica! Sua avó me mandou buscar você. Calma, por favor, calma. Nada vai acontecer a você, está segura agora. Sou eu... sou eu...

Maurício precisou de toda a sua força — um rijo senhor de setenta anos, que já segurara cavalos selvagens no laço, passara as últimas décadas no máximo exercitando-se com giz e quadro-negro — para impedir que Crica escapulisse. Já estava com cãibras, quando a menina finalmente se aquietou — e não por haver reconhecido Maurício, mas por pura exaustão. Nos olhos de Crica (Maurício juraria isso para dona Glaura, depois) havia uma imagem impressa, uma imagem da morte, e era dela que Crica fugia, era contra ela que a garota lutava, nos braços de Maurício. Mas, quando a menina deixou de se debater, enfim, Maurício pôde conduzi-la para casa, ou melhor, Crica deixou-se ser rebocada por ele, em total apatia.

Tornemos à câmara nupcial (...). Os dois atores ainda conservam a mesma posição em que os deixamos. Fernando Seixas obedecendo automaticamente a Aurélia, sentara-se, e fitava na moça um olhar estupefato. A moça arrastou uma cadeira e colocou-se em face do marido, cujas faces crestava a seu hálito abrasado.

— Não careço dizer-lhe que amor foi o meu, e que adoração lhe votou minha alma desde o primeiro momento em que o encontrei. (...)

— O senhor não retribuiu meu amor e nem o compreendeu. (...)

— Conheci que não amava-me, como eu desejava e merecia ser amada. (...) o senhor retirou-me essa mesma afeição com que me consolava e transportou-a para outra (...).

— Mas o senhor não me abandonou pelo amor de Adelaide e sim pelo seu dote, um mesquinho dote de trinta contos! (...) Eu tinha um ídolo; o senhor abateu-o de seu pedestal (...). Essa degradação do homem a quem eu adorava, eis o seu crime (...).

— A riqueza que Deus me concedeu chegou tarde (...). Quando a recebi, já conhecia o mundo e suas misérias (...). Outrora atava-se o cadáver ao homicida, para expiação da culpa; o senhor matou-me o coração; era justo que o prendesse ao despojo de sua vítima. (...)

Proferidas as últimas palavras (...) a moça tirou o papel que trazia passado à cinta, e abriu-o diante dos olhos de Seixas. Era um cheque de oitenta contos sobre o Banco do Brasil.

— É tempo de concluir o mercado. Dos cem contos de réis, em que o senhor avaliou-se, já recebeu vinte; aqui tem os oitenta que faltavam. Estamos quites, e posso chamá-lo meu; meu marido, pois é este o nome de convenção. (...)

— (...) Tome a sua posição, meu marido; ajoelhe-se aqui a meus pés, e venha dar-me seu primeiro beijo de amor... Porque o senhor ama-me, não é verdade, e nunca amou outra mulher senão a mim?... (...)

— Não; não a amo. (...)

— É verdade que a amei; mas a senhora acaba de esmagar a seus pés esse amor (...).

— (...) Vendi-me; pertenço-lhe. A senhora teve o mau gosto de comprar um marido aviltado; ei-lo como o desejou (...).

— Quer que lhe passe um recibo?... Não; confia na minha palavra. Não é seguro. Enfim estou pago. O escravo entra em serviço.

• 14 •
A carta

Duas noites depois, Maurício e Glaura estavam sentados na varanda da casa — Crica dera para se recolher ao quarto muito cedo, ultimamente, carregando consigo o *Senhora*. A garota andava silenciosa, de novo esquiva. Dona Glaura havia entendido que ela não queria nem companhia para os seus passeios de finais de tarde no cemitério, nem muito menos conversar além do trivial e do necessário. Não havia nenhuma raiva, nenhum ressentimento na garota. O que Crica expressava era justamente essa necessidade de solidão, e muita melancolia, que somente ela mesma poderia resolver.

— Setenta anos... — lamentava-se dona Glaura, ainda pela noite da tempestade. — ... e a gente não sabe se está agindo certo ou errado. Pensei tanto se deveria dar a carta a ela. Acabei dando, e olhe o perigo que ela correu.

— Algum perigo, é verdade — concordou Maurício, soltando uma baforada do seu cachimbo. — Mas nem tanto assim. Não exagere.

— Se não fosse você ter aparecido por aqui...

— Eu só vim avisar que ia chover — apressou-se a emendar Maurício.

Dona Glaura estava abalada, mas não tanto a ponto de permitir a Maurício esses disfarces.

— Veio avisar que ia chover? — cobrou a senhora.

— Isso.

— Sou perfeitamente capaz de ver como está o céu, Maurício. E você sabe disso. Além do mais, andava sumido há algumas noites... se reparei bem.

O professor de literatura aposentado não respondeu. Ficaram alguns instantes em silêncio, e dona Glaura sabia que ele estava ruminando, assimilando o golpe. Finalmente, Maurício disse:

— Esse romance que você idolatra como se tivesse sido escrito para virar relíquia das mulheres da sua família... — Maurício fez uma pausa, para dar oportunidade a Glaura de reagir. Mas a senhora, apesar do desaforo, não deu o braço a torcer — ... creio que você sabe por que o título na capa original dele é *Senhóra*... com acento agudo.

— Uma história velha.

— Vale a pena repetir... para a Crica. Uma curiosidade... Na época, a pronúncia do *o* era fechada. As pessoas bem-educadas diziam *senhôra*. Mas Seixas chama Aurélia de *senhóra*, como dizia o pessoal mais humilde, como usavam falar os escravos, para dar bem o sentido de *dona*... dona dele! Por tê-lo comprado.

— Onde você quer chegar, Maurício?

— Que seria bom nessa sua leitura para Crica não a deixar pensar que Seixas é um fracasso completo. E que Aurélia é nada menos do que a mocinha dotada do mais puro amor, que foi maltratada pelo moço mau. Seixas tem lá suas ironias, desde o começo. Além disso, há uma passagem no livro que *vocês*...

— Você quer dizer... *eu*!

— Desculpe, então... Mas existe uma passagem no livro a que você nunca dá atenção. Está no Capítulo VI da Segunda Parte...

Dona Glaura engoliu em seco, mal conseguindo ocultar, agora, a irritação — sabia muito bem a que Maurício se referia. E ele percebera a sutil alteração na fisionomia da senhora.

— Diz ali: "... o coração, e ainda mais o da mulher que é toda ela, representa o caos do mundo moral. Ninguém sabe que maravilhas ou que monstros vão surgir desses limbos (...) Aurélia amava mais seu amor do que seu amante; era mais poeta do que mulher; preferia o ideal ao homem".

— Não sabia que você citava *Senhora* de cor.

— Ora, também precisei fazer minhas leituras do romance.

— Para...?

— Sim, para entender você melhor — disse Maurício com firmeza, encarando Glaura e sacando o cachimbo da boca.

Glaura assentiu de cabeça, como que dando a entender que previra o que ele iria responder.

— Sabe o que às vezes eu penso? Que todas *vocês*... são personagens do *Senhora*.

Dona Glaura arqueou uma sobrancelha desdenhosamente.

— Sim... Personagens que Alencar não criou, mas que foram se reunindo ao livro, geração após geração... Oh, desculpe... Pulando sempre as safras masculinas, é claro.

— É essa a sua brilhante tese sobre as Martiniano? Muito original!

— Sim, é como se *Senhora* tivesse inventado todas vocês... É o que são, cada Martiniano e seu grandioso amor. Personagens... de uma leitura de uma história de amor, que veio vindo, veio vindo, e se prolongando e se reproduzindo em mais leituras e em mais histórias de amor, como se... — Glaura o interrompeu bruscamente.

— Não é você o tal que diz que o ensino da literatura nas escolas erra ao discutir friamente os textos com a garotada? Como "matéria de prova e não como matéria de vida", não é o que você resmunga sempre? Como algo distante das emoções da pessoa que o lê? E o tal diálogo entre o leitor e a obra, entre a história de vida e o momento de quem lê, e o texto, do qual você vive falando, tão apaixonado?

— Você faz ideia — vociferou Maurício, cortando o deboche de dona Glaura — do que significava para o garoto da estrebaria estar apaixonado pela filha do dono da maior fazenda da região, o patrão dele,... e ela por ele?

A senhora arregalou os olhos como se dissesse: "Não acredito... ele tocou no assunto proibido!".

— Faço ideia, sim... — respondeu Glaura, devagar. — Mas gostaria que tivesse tentado me explicar isso cinquenta anos atrás, em vez de fugir feito um rato.

— Eu... tive medo.

— Nunca importou para mim quem você era, só o que nós dois éramos um para o outro.

— Eu sabia disso.

— Ah, sabia?

— E isso me dava mais medo ainda.

— Essa, agora, eu não entendi — confessou Glaura.

— Porque... você ia fugir comigo... de verdade, não ia? Ia abandonar tudo por mim?

— Mas é claro que eu ia.

— E se eu desapontasse você? E se eu nunca conseguisse ser ninguém? Eu tive medo, Glaura. Morri de medo. De mais nada, de mais ninguém, apenas de estar levando você para uma vida de privações!

— E por que não falou disso comigo, seu covarde? Quem sabe eu aceitasse o risco...? — disparou Glaura genuinamente enraivecida. — Acha melhor ter feito o que fez, sumir sem dizer nada e me deixar acreditando que tudo foi uma ilusão, uma nuvem, coisa nenhuma?

— Ah, como?! — indignou-se Maurício. — Eu ia chegar para Glaura Martiniano, neta de Aurélia Martiniano, descendente de todas aquelas lápides e até mesmo de um romance imortalizado, e dizer: *Estou com medo*. Para vocês, que não admitem homens menos do que perfeitos! Menos do que heróis para se encaixarem no amor de vocês! É o que essa sua tradição de família sempre exige. E o amor acima de tudo. O de vocês, é claro. Nenhuma das preocupações de sobrevivência próprias do garoto da cocheira, nunca. Isso seria... como profanar o amor das Martiniano. O que eu ia conseguir confessando meu... apavoramento? E contando que não conseguia mais nem pensar direito, de tanto medo que isso tudo me dava? Que vivia com febre o tempo inteiro, com...

— Dor de barriga?! — atirou impiedosamente Glaura.

— Sim! — berrou Maurício. — Isso mesmo. Está vendo como você é? Daí, qual seria sua reação? Esse seu olhar de desprezo? Algo do tipo: "Seja homem e me leve para o mundo agora!".

— Pode ser... — dona Glaura tomou fôlego. E repetiu, tristemente: — Na época, pode ser que eu dissesse justamente isso... Pena é que nós nunca vamos saber ao certo, não é?

Maurício olhou para ela, calando-se, retornou o cachimbo à boca... continuou a olhar, e Glaura a falar:

— Se eu respondesse sim ou não ou qualquer outra coisa, hoje, já não seria aquela moça de dezessete anos que estaria respondendo. Ela não existe mais. Seria eu, como sou hoje, com a vida que eu tive. Nunca vamos saber como eu responderia... e termos perdido isso é uma pena, não é?

Maurício assentiu de cabeça, em silêncio. E Glaura tornou a falar, depois de alguns segundos, perguntando:

— O que você teria me pedido? Para esperar por você?

— Acho que sim... Foi o que tentei fazer quando soube que você ia se casar e voltei. Eu ia prometer a você que um dia viria buscar você, quando eu me sentisse... alguém! E você tentou me matar esporeando aquele cavalo brabo para cima de mim!

— Tentei matar o idiota que não compreendeu que *eu* o considerava *alguém*... Alguém que fora tudo para mim! Pena o cavalo não ter acertado as patas em você. Ia ser muito bem feito!

Dois segundos de enfrentamento, de olhares feito espadas retinindo... Então, Glaura riu, Maurício riu, os dois se deram as mãos. Ela disse:

— Gostei de ouvir isso de você... mesmo cinquenta anos atrasado. Ah, meu Deus... sim, me fez bem ouvir isso... — Mais um instante silencioso e Glaura voltou a falar, de repente.

— Será que a Crica leu a carta do tal garoto?

— Você não perguntou a ela?

— Você vai acreditar se eu disser que, do jeito como ela anda, não estou sabendo entrar no assunto?

— Se a sua neta deixou a carta lá no cemitério, debaixo da chuva, virou mingau. Não vi carta alguma com ela. Mas podia estar num bolso, ou por dentro da bermuda... — Dona Glaura suspirou e Maurício resolveu aproveitar a guarda baixa. — Só ainda não entendi como o tal garoto descobriu o endereço daqui!

Dona Glaura fez uma pausa, antes de retrucar:

— Pois é, isso está me intrigando também.

— Sei... — murmurou Maurício. — Aliás, ele nem devia saber que ela estava no sítio, certo?

— Acho que você tem razão nisso também, meu amigo.

— A família do garoto já se mudou para a tal cidade do interior?

— Acho que ainda não, talvez nos próximos dias... Ora, como vou saber?

— Estou apenas perguntando, Glaura.

— E eu vou respondendo — retorquiu ela, quase irritada outra vez.

— Aliás... se ele já sabe onde fica este sítio, e não receber uma carta de resposta, pode muito bem inventar de aparecer por aqui.

— Não, isso não. — Glaura já perdera toda a paciência para o jogo, ainda mais porque, enquanto Maurício falava, mantinha um rabo de olho sobre ela, provocativamente.

— E como você pode garantir isso?

— Porque... — Glaura olhou bem dentro dos olhos de Maurício — porque eu jurei a ele que, se fizesse isso, eu iria pô-lo para correr daqui, com meu chicote de montaria, que eu ainda sei bem onde anda, e isso de castigo pelo atrevimento de quebrar a palavra dada a mim, de não vir, de apenas escrever.... e pelo que fez à minha neta, claro. E eu disse isso a ele quando passei o endereço para que ele escrevesse para Crica. Pela nossa breve conversa pelo telefone, creio que o garoto tem juízo bastante para acreditar que sou capaz de fazer o que ameacei fazer com o chicote, e portanto não vai meter o nariz por aqui sem ser chamado. Satisfeito agora? — bufou Glaura.

— Perfeitamente! — apressou-se a dizer Maurício, com um meio sorriso, espalmando as mãos como se fosse para contê-la de avançar sobre ele. E não se atreveu a avivar a irritação de Glaura, comemorando a rara vitória explicitamente, a não ser por uma baforada mais enfática em seu cachimbo. Afinal, não era todo dia que conseguia fazer a amiga dizer o que ela não queria dizer... Maurício ainda completou: — Tenho certeza de que o garoto compreendeu que você o açoitaria, sem hesitar, para fora daqui, se ele se atrevesse a aparecer de surpresa. Na verdade, até uma pedra entenderia isso, vindo de você.

— Vou tomar isso como um elogio, meu querido!

Maurício gostou do inédito "meu querido" — e para comemorar soltou mais duas ou três baforadas em rápida sequência.

· 15 ·
No quarto de Crica, entre os capítulos

Não é quando o amor se vai.
A gente pensa que morre;
mas é apenas a tempestade;
que chega de surpresa e aterradora.
Só que ainda se tem o amor.
É depois.
É a umidade que se pregara na pele e seu cheiro,
desaparecendo; é o que se esvai aos poucos
e a gente sente partindo
que nos deixa nada, em nada, somente a dor.

O vazio é todo o enigma.
Aqui estou tentando entender
o que não está nem é nem se mostra,
de modo ou em espécie alguma.
E, no entanto, fica.

O amor é o sujeito oculto de minhas frases,
                            [pensamentos,
frustrações, rancores.
Da dor imensa.

Do que não sei dar nome; do que resta, incompleto
[e interrompido.
Só queria que fosse minha esperança também,
como de cada pontada, e o seu correspondente gemido,
a outra face da Lua.

• 16 •
Lua crescente

Foram mais três dias e duas noites, até se esgotar a lua nova e Crica aparecer de repente na varanda, na terceira noite, portanto, quando Glaura e Maurício se encontravam engrenados numa conversa qualquer, que se interrompeu com a entrada da garota.

Ela surgiu deslizando sobre o chão, silenciosamente, como se fosse uma alma penada, e se dirigiu à cadeira de palha de espaldar alto, afastada, onde se sentou toda encolhida. Mal olhou para Glaura e Maurício; eles, sim, trocaram olhares, como se discutissem o que deveriam fazer.

E devem ter resolvido por aparentar normalidade, mesmo diante das fundas olheiras da menina, porque tentaram retomar o fio da conversação. Mas, nem sabiam direito em que ponto haviam parado, e, na verdade, também um não conseguia mais prestar atenção no que o outro falava. Depois do quarto ou quinto "Como?" ou "O que foi mesmo que você acabou de dizer?", e de umas tantas respostas que não casavam, em absoluto, com as perguntas, dona Glaura levantou-se, prometendo café e biscoitos.

— E um refrigerante para você, Crica?

A garota apenas moveu a cabeça, melancólica, mas de uma maneira que eles não puderam interpretar o movimento como sim ou não.

— Se está com fome, posso fazer uma omelete... — ofereceu a avó.

Maurício remexeu-se na cadeira, apreensivo, mas o efeito realmente perceptível foi sobre Crica, que se voltou e cravou na avó um olhar de absoluta censura. À exceção do café, nada que dona Glaura fazia na cozinha, no tocante a fogão, panelas etc., era minimamente tragável. Fora sempre caso notório na família. Às vezes, ela mesma admitia sua inabilidade culinária ("Nenhuma de *nós* tem ou teve boa mão na cozinha! É... quase uma tradição!"). No entanto, nem por isso, naquela hora, conformou-se por ter a sua omelete rejeitada tão sumariamente pela neta. Assim, retirou-se para dentro, resmungando.

Ficaram Maurício e Crica a sós, e o silêncio entre os dois não poderia ser mais constrangedor. Pelo menos para o professor aposentado, porque a garota, às vezes, do seu canto, suspirava, enquanto seu olhar se projetava do rosto pálido e abatido para vagar como se prometesse para breve ser absorvida pela escuridão da noite.

O professor aposentado resolveu que o melhor seria não tomar a iniciativa de nenhum diálogo — e quem sabe logo Glaura retornaria, salvadoramente. Mas Glaura demorava, Crica suspirava, e Maurício já pensava em bater em retirada, alegando sono, quando a garota disse, como se estivesse falando para o fiapo visível de lua crescente:

— O que mais ele quer aprontar contra a coitadinha, hein?

— Como? Ele quem? — indagou Maurício, sem entender.

— Esse tal do Seixas!... Qual é o plano dele agora?

Maurício continuava oferecendo como resposta sua expressão perplexa, o que fez Crica voltar-se para ele — dessa vez, o ar expelido pela boca da garota não tinha o tom de suspiro. Crica bufou de impaciência.

— Ele já recebeu o cheque da Aurélia. O que mais ele quer? Por que deu para agir desse jeito estranho, agora?

— Bem... — murmurou Maurício, ainda tentando se situar. — Deixa ver se pego esse trem... Teve aquela cena da noite de núpcias, entre o Seixas e a Aurélia, quando o Seixas finalmente descobriu que desde o início ela sabia do dinheiro envolvido no trato do casamento, ficou desesperado. Ou zonzo. Acho que só então se deu conta do *quê* havia vendido. Daí, foi para o seu quarto, pegou todas as roupas, os perfumes e os objetos caríssimos que Aurélia havia comprado para ele, guardou de lado, disposto a não usá-los. E então...

— Não precisa me contar a história. Eu li e entendi... Quer dizer... não entendi o que esse cara está armando...

Maurício tirou duas longas baforadas do cachimbo, enquanto os olhos negros de Crica, do fundo daquelas olheiras, exigiam resposta, como se encarassem nele o mentor de Seixas, em pessoa.

— Não é curioso, Crica? A mesma estranheza que você sentiu, irá sentir também nossa Aurélia — ele observou.

Algo no tom de voz de Maurício começou a irritar a garota.

— Não faz sentido — insistiu Crica. — Primeiro, dispensou todas as mordomias da casa da Aurélia, até a carruagem. Depois...

— Bem, você está lendo o livro — interrompeu Maurício. — O que acha?

Ordenava ela [Aurélia] à mucama que distribuísse pelas outras uns enfeites e vestidos já usados.

— Sinhá é muito esperdiçada! observou a mucama com a liberdade que as escravas prediletas costumam tomar. Não sabe poupar como senhor que traz tudo fechado, até o sabonete!

— Não tens que ver, nem tu nem as outras, com o que faz teu senhor! atalhou Aurélia com severidade. (...)

Despediu a rapariga; mas resolveu verificar por si o que teria valido a Seixas essa reputação de avaro, que lhe conferira a opinião pública da cozinha e da cocheira.

No dia seguinte, depois do almoço, lembrou-se Aurélia de sua resolução da véspera.

Àquela hora, o marido estava na repartição, e já o criado devia ter acabado de fazer o serviço dos quartos; por conseguinte podia sem despertar a atenção realizar seu intento.

Deu volta à chave da porta que um mês antes fechara--se entre ela e seu marido; (...) e trêmula, agitada por uma comoção que lhe parecia infantil, entrou naquela parte da casa, onde não tornara depois de seu casamento. (...)

Notou o que aliás era bem visível. O toucador estava completamente despido de todas as galanterias, de que ela o havia adornado com sua própria mão. Parecia um móvel chegado naquele instante da loja. Os guarda-roupas, cômodas, secretárias, tudo fechado, e na mesma nudez, que denunciava falta de uso. (...)

(...)

Aurélia abriu com suas chaves os móveis; e confirmou--se em sua conjetura. Tudo, joias, perfumarias, utensílios de toucador, roupa, tudo ali estava guardado em folha, como viera da loja.

— Que significação tem isto? murmurou a moça interrogando atentamente seu espírito. (...)

— Não compreendo.

Aurélia tinha razão. Se com essa obstinação, Seixas queria mostrar desapego à riqueza pelo casamento, fazia um ridículo papel; pois o enxoval não era senão um insignificante acessório do dote em troca do qual tinha negociado sua liberdade.

— Sabe qual é o mal de *vocês?* — foi dizendo Maurício.

E aquele *vocês*, desdenhoso, fosse qual fosse a tribo que ele estivesse reunindo com a palavra, acrescentou mais uma fagulha na irritação ainda contida de Crica. No entanto, tudo o que ela fez foi olhar para dentro da casa, através da porta, pensando que a avó bem que poderia retornar, para ela não precisar enfrentar aquilo sozinha. Maurício prosseguiu:

— Vocês insistem em ver tudo no mundo girando em torno de vocês mesmas. É o umbigo com maior força de gravidade do planeta. Pergunto apenas o seguinte... E se o nosso Seixas...?

— O *seu* Seixas! — protestou Crica, elevando a voz pela primeira vez, das profundezas de sua melancolia.

— Como queira... E se o Seixas não está tentando demonstrar coisa alguma à *sua* Aurélia... — Crica respirou fundo para conseguir não replicar desta vez — ... mas para si mesmo? Ou melhor, e se ele não estiver procurando demonstrar nada, mas se tiver, sim, um objetivo em mente?

— Qual? — exigiu Crica, elevando a voz.

No quinto dia [depois do casamento] Seixas apresentou-se na repartição, onde foi muito festejado por suas prosperidades. Tomaram os companheiros aquele pronto comparecimento por mera visita. Se quando pobre, sua frequência somente se fazia sentir no livro do ponto, agora que estava rico ou quase milionário, com certeza deixaria o emprego ou quando muito o conservaria honorariamente, como certos enxertos das secretarias.

Grande foi pois a surpresa que produziu a assiduidade de Seixas na repartição. Entrava pontualmente às 9 horas da manhã e saía às 3 da tarde; todo esse tempo dedicava-o ao trabalho; apesar das contínuas tentações dos companheiros, não consumia como costumava outrora a maior parte dele na palestra e no fumatório.

— Olha, Seixas, que isto é meio de vida e não de morte! Dizia-lhe um camarada, repetindo pela vigésima vez esta banalidade. (...)

Outra mudança notava-se em Seixas. Era a gravidade que sem desvanecer a afabilidade de suas maneiras sempre distintas, imprimia-lhe mais nobreza e elevação. Ainda seus lábios se ornavam de um sorriso frequente; mas esse trazia o reflexo da meditação e não era como dantes um sestro de galantaria. (...)

— Está muito assíduo agora à repartição! disse um dia a moça [Aurélia] ao marido. Pretende algum acesso?

Seixas deixou cair o remoque e respondeu francamente:

— É verdade, há uma vaga, e desejo obter a preferência.

— Que ordenado tem esse emprego?

— Quatro contos e oitocentos.

— Precisa disso?

— Preciso.

Aurélia soltou uma risada argentina, quanto má e venenosa.

— Pois então seja antes meu empregado; asseguro-lhe o acesso.

— Já sou seu marido, respondeu Seixas com uma calma heroica. (...)

— Tá vendo! — exclamou Crica, abandonando a languidez. — Ele está aprontando alguma, e deve ser de lascar! Não dá pra confiar num sujeito desses! Coitada da Aurélia...

Maurício examinou-a. Era impressão sua, ou as olheiras pareciam mais atenuadas do que quando a garota entrara na varanda? Ele sentiu que deveria manter-se no ataque.

— Coitada por quê? Porque achou que tudo ia correr como tinha planejado e as coisas estão tomando rumo diferente? Ora, Aurélia sabe muito bem o que fez, e o quanto humilhou Seixas. Ela o comprou, sem que ele sequer suspeitasse.

Ela o enganou num *negócio*! No terreno que deveria ser dominado pelos homens. É como se tivesse arrancado as calças dele e vestido. E o deixado nu.

— Ela enganou o cretino porque ele sempre foi um convencido, que não achava que ela nem mulher nenhuma teria cabeça pra isso. E a Aurélia não vestiu as calças dele, não. Ela fez o que fez de saias mesmo. E com muito orgulho!

— Só que agora está começando a sentir que não tem Seixas tanto sob seu controle como havia pensado.

Crica arriou-se de novo na poltrona de palhinha. E o suspiro que exalou foi arrancado lá das mais inacessíveis cavidades do seu coração. Maurício chegou a arregalar os olhos com a voz da garota. Não de espanto, mas porque lhe veio à conjectura se mesmo uma heroína romântica, daquelas destinadas desde a primeira página do romance a morrer ainda quase menina, e de amor, é claro, poderia soar mais desesperançada da vida. Ao mesmo tempo, o que Crica disse deixou-o intrigado:

— E daí, quem está ganhando o jogo? O casamento deles é lixo!

— **Quer que lhe sirva desta salada, ou daquela empada de caça?** perguntou Aurélia notando que Seixas estava parado.

— **Nada mais, obrigado.**

Seixas tinha comido um bife com uma naca de pão; e bebera meio cálix do vinho que lhe ficava mais próximo, sem olhar o rótulo.

— **Não almoçou!** tornou a moça.

— **A felicidade tira o apetite,** observou Fernando a sorrir.

— **Nesse caso eu devia jejuar,** retorquiu Aurélia gracejando. **É que em mim produz o efeito contrário; estava com uma fome devoradora.** (...)

— **Prove desta lagosta. Está deliciosa,** insistiu Aurélia.

— Ordena? perguntou Fernando prazenteiro, mas com uma inflexão particular na voz.

Aurélia trinou uma risada. (...)

— Não sabia que as mulheres tinham direito de dar ordens aos maridos. Em todo o caso eu não usaria do meu poder para coisas tão insignificantes.

— Mostra que é generosa.

— As aparências enganam.

— Lixo! — repetiu Crica com um suspiro. — Um machucando o outro todo o tempo!

— Você fala como se esperasse coisa diferente... Esperava?

— Esperava o quê? — devolveu Crica a pergunta, cheia de má vontade.

— Por acaso... — e Maurício deteve-se para uma comprida baforada em seu cachimbo, que chateou profundamente Crica, por deixá-la no suspense — ... por acaso você está lamentando eles não terem um casamento feliz, amoroso? Porque, se é assim, não pode estar com uma ideia tão ruim do Seixas, não é? Para falar em português claro, você ainda acha que ele... *tem jeito*? É isso?

— (...) Vendi-lhe um marido; tem-no à sua disposição, como dona e senhora que é. O que porém não lhe vendi foi minha alma, meu caráter, a minha individualidade; porque essa não é dado ao homem alheá-la de si, e a senhora sabia perfeitamente que não podia jamais adquiri-la a preço d'ouro.

— A preço de que então?

— A nenhum preço, está visto, desde que o dinheiro não bastava. Se me der o capricho para fingir-me sóbrio, econômico, trabalhador, estou em meu pleno direito, ninguém pode proibir-me esta hipocrisia, nem impor-me certas prendas sociais, e obrigar-me a ser à força um glutão, um dissipador e um indolente.

— Prendas que possuía quando solteiro.

— Justamente, e que me granjearam a honra de ser distinguido pela senhora.

— É por isso que desejo revivê-las.

— Neste ponto sou livre e a senhora não tem sobre mim o menor poder.

— Tente entender uma coisa! — Maurício disse, mais implicando do que argumentando. — Para mim, Aurélia pensou mesmo que estivesse comprando a alma do Seixas, como ele diz, e que tivesse acabado com ele, de tanta humilhação. Só que ela jogou a sua última cartada quando esfregou aquele cheque na cara do moço, já na noite de núpcias. Ela não tem mais trunfos para baixar, nem, a partir desse momento, mais nada que possa fazer. O lance agora é dele, todo do Seixas. Ele roubou a cena da sua heroína. Ele assumiu o papel principal.

— Só na sua cabeça mofada! — berrou Crica, levantando-se da poltrona, absolutamente em fúria. — A Aurélia está mostrando a ele o que é amar de verdade! Ela tem ele no laço, e ele vai ter de aprender... tudo. Dignidade, sentimento... Tudo! Pra mim, ele continua sendo um boneco sem graça.

— Ah, o que é amar de verdade? Aurélia sabe, Aurélia ensina. Queria ter tido tanta certeza assim das coisas para ensinar matérias muito mais simples. E olha que essa era a minha profissão! Só que a sua idolatrada pode se queimar nessa brincadeira. Ela pode... se apaixonar por ele de novo, por conta da mudança do Seixas. E o mais engraçado é que foi ela quem começou, não foi? E quem sabe se Aurélia não esteve sempre... não continua apaixonada por ele?

— Nunca! A Aurélia despreza ele! Como podia continuar amando esse cara, depois que ele mostrou quem é?

— Como, eu não sei! Mas, acontece...

— Nunca! Ele vai se matar no final da história, tenho certeza! Ele vai se matar, se tiver coragem, e é bem feito! Ou ela vai deixar ele ir embora e ele vai ser um nada pro resto da vida!

— Imagino... — ponderou Maurício com um sorriso que Crica adoraria fazê-lo engolir, engasgar-se com ele, sufocar — que se uma dessas coisas acontecer, você vai ficar muito feliz.

— Vou! — respondeu Crica de bate-pronto. — E a Aurélia vai estar vingada.

— A Aurélia...

— Ela mesma! Por quê...? — Crica olhou para trás, para a porta da varanda, outra vez... Não era possível que a avó não resolvesse voltar, "nem que seja só para salvar o amiguinho dela, aqui, antes que eu estrangule ele", pensou. Mas o pensamento foi rápido, e ela respondeu mais rápido ainda a Maurício. — Você está torcendo pelo Seixas, não é? Não acredito. Sabe o que ele fez? Eles dois poderiam ser muito, muito felizes. Para sempre. O amor da Aurélia por ele era... lindo... e ele não soube nem ver, o idiota. Não soube! Por causa dele, e só dele, os dois desperdiçaram tudo. Acabou. Destruído!

Crica não se apercebia que já estava quase chorando, e que começara a gaguejar ao falar, e a tremer... Maurício observou tudo isso, e talvez se a situação não estivesse engasgada dentro dele, tentaria acalmar a garota, em vez de atiçá-la ainda mais.

— Você tem razão. Mas a Aurélia não pode achar que o amor que ela tem para dar é o único que existe... e que falta então apenas encontrar alguém e encaixá-lo nesse amor todo. Há tipos de amor assim que podem ser bem sufocantes, às vezes... Entenda...

— Não quero entender coisa nenhuma!

— O Seixas não é responsável pelo que a Aurélia pensou que ele fosse. Ela, sim! Somente ela. A fantasia é dela. E é cruel também tentar fazer outras pessoas caberem à força em nossas fantasias.

— Tá, então, ela é a malvada! Ela é quem estragou tudo, certo?

— Não! — protestou Maurício com veemência. — Mesmo uma fedelha como você um dia vai perceber que há pessoas que não são nem boas nem más, apenas não são o que a gente queria que fossem! Eu sei que o Seixas foi um crápula com a Aurélia...

— Arrá! — exclamou triunfalmente Crica.

— Mas importa também o que ele está tentando ser... agora! Ele está tentando mudar!

— Fingimento!

— Quem sabe? Você ainda não acabou o livro. Não leu o que ele tem a dizer...

— Ele... — engasgou Crica — ...ele quem? Você está falando de quem?

— Do Seixas... não é? Da possibilidade de ele, honestamente, estar tentando mudar... E quem sabe está fazendo isso por amor? Amor a Aurélia, ou amor-próprio... por sentir que fez uma coisa terrível no passado e estar querendo mudar para poder voltar a ter orgulho de si mesmo... talvez até para poder sonhar em reconquistar a Aurélia, quem sabe?

— Você ficou doido! Ele não presta... e é um covarde! Não muda nada!

— Talvez, você tenha razão... ou talvez não. Leia o livro. Corra o risco!

— E que droga você acha que eu tô fazendo? — vociferou Crica, voltando as costas para Maurício e derrubando a poltrona em que estava sentada na saída.

Maurício viu a garota sumir dentro da casa, batendo o pé firme no assoalho de tábuas antigas, e levou de novo o cachimbo à boca. A fumaça ainda estava fazendo o caminho até os pulmões, quando dona Glaura escorregou sorrateira de volta para a varanda.

· 17 ·
Alevantadas das tumbas

— Você escutou tudo... — observou Maurício, e não estava surpreendido.

— Ela não leu a carta ainda, você não acha? — dona Glaura mostrava-se agitada. Maurício deu de ombros como quem diz: "Quem pode saber"?

— Nem temos certeza se ela ainda tem a carta! — ele disse.

— Ora, você jogou tantas iscas...

— Mas ela não mordeu. Mordiscou, mas não mordeu.

— Ela está com a carta! Aposto que está. Ainda não tomou coragem de ler, é isso.

— Pelo quê, exatamente, você está torcendo, Glaura? Você sabe que a carta desse garoto, se ainda existe, pode ser uma bobajada só, que não vai fazer a menor diferença para a sua neta. Ou pode dizer simplesmente *adeus!*, e um punhado de explicações que também não vão servir de nada para a Crica. Explicação não muda o que está feito.

— Pode até ser bobagem, sim. Vindo de um sujeito que larga uma garota apaixonada, tudo é possível...

— Bem... — Maurício pressentiu que Glaura falava mais para provocá-lo do que por ressentimento. Mesmo assim, não resistiu a devolver o desaforo. — Pelo menos, sua neta parece que amadureceu um pouco. No mínimo, já ganhou mais discernimento para a vida.

— Ah, é? E por que está dizendo isso? — indagou Glaura interessada.

— Ora... ela está tentando entender os movimentos de Seixas... e poderia ter conversado sobre isso com você. Só que você iria passar para ela esse rancor de várias gerações! Acho que, intuitivamente... — e Maurício fez uma pausa, para acompanhar seu sorriso malandro com uma pose caprichada e uma baforada no cachimbo —, ela entendeu que deveria discutir esse assunto com alguém capaz de entender as motivações de um homem, no amor. Sabe, essa visão apenas feminina de *vocês*, essa visão matriarcal do mundo, amazônica, como se só as mulheres importassem? Bem! Creio que a Crica está se distanciando disso. Será bom para ela.

— Você crê? — desafiou Glaura.

— Creio! — confirmou Maurício, afrontado com o tom da amiga.

— Bem, a verdade é que fui eu quem sugeriu à Crica conversar com você. Ela não queria, disse que não ia aguentar ouvir as besteiras que você ia dizer, que você por certo estaria do lado do Seixas etc. etc... Mas, eu insisti.

— E... por quê? — perguntou Maurício, perplexo.

— Ora, claro que concordo com ela quando, *intuitivamente*... — e dona Glaura fez questão de dar essa pausa, depois de enfatizar a palavra — ela soube reconhecer que a sua opinião sobre Seixas é absolutamente irrelevante. Mas, eu tinha outro objetivo... Tinha certeza de que você iria irritá-la tanto, defendendo aquele vira-lata, que bastaria isso para tirá-la da depressão. Já era hora, não acha? E com efeito...! Viu como ela entrou em casa soltando fumaça?

Maurício não conseguiu replicar. O cachimbo jazia inerte e pendurado em sua boca. Glaura foi em frente:

— Aliás, um dia vou fazer uma experiência... Dar o braço a você e levá-lo a um passeio até o nosso cemitério. Tenha certeza de que é só botar você para falar desse Seixas que todas as Martiniano ressuscitam e levantam das tumbas! Aceita? Ou melhor, como você disse para minha neta... *Corra o risco!*

Havia baile em São Clemente.

Aurélia ali estava como sempre, deslumbrante de formosura, de espírito e de luxo. Seu traje era um primor de elegância; suas joias valiam um tesouro, mas ninguém apercebia-se disso. O que se via e admirava era ela, sua beleza, que enchia a sala, como um esplendor. (...)

Seixas a contemplava de parte. (...)

(...) Quando completou-se esta assunção de sua beleza, o baile estava para terminar.

Aurélia fez um gesto ao marido, e envolvendo-se na manta de caxemira que ele apresentara-lhe, trançou o braço no seu. No meio das adorações que a perseguiam, retirou-se orgulhosamente reclinada ao peito desse homem tão invejado, que ela arrastava após si como um troféu.

O carro estava à porta. Ela sentou-se rebatendo os amplos folhos da saia para dar lugar ao marido. (...)

Na posição em que estava, olhando por cima da espádua da moça, ele via na sombra transparente, quando o decote do vestido sublevava-se com o movimento da respiração, as linhas harmoniosas desse colo soberbo que apojavam-se em contornos voluptuosos.

— Como brilha aquela estrela! disse a moça.

— Qual? perguntou Seixas inclinando-se para olhar.

— Ali por cima do muro, não vê?

Seixas só via a ela. Acenou com a cabeça que não.

Aurélia distraidamente travou da mão do marido, e apontou-lhe a direção da estrela.

— É verdade! respondeu Fernando que vira uma estrela qualquer.

Retirando a mão Aurélia descansou-a no joelho, não advertindo sem dúvida que ainda tinha presa a do marido. (...)

Derreou-se então pelas almofadas; a pouco e pouco, descaindo-lhe ao balanço do carro o corpo lânguido de sono, sua cabeça foi repousar no braço do marido; e seu hálito perfumado banhava as faces de Seixas, que sentia a doce impressão daquele talhe sedutor. Era como se respirasse e haurisse a sua beleza.

Fernando não sabia que fizesse. Às vezes queria esquecer tudo, para só lembrar-se que era marido dessa mulher e que a tinha nos braços.

Mas quando queria ousar, um frio mortal trespassava-lhe o coração, e ele ficava inerte, e tinha medo de si.

Todavia, ninguém sabe o que aconteceria se o carro não parasse tão depressa à porta da casa; Aurélia sobressaltou-se; caindo em si, retraiu-se para deixar que Seixas saltasse e lhe oferecesse a mão. (...)

Seixas desviou os olhos como se visse diante de si um abismo. Sentia a fascinação, e reconhecia que faltavam-lhe as forças para escapar à vertigem.

— Até amanhã? disse ele hesitando. (...)

— Não me engana? Ama-me enfim? perguntou ela com meiguice.

— Ainda não acredita?

— Venceu então o impossível?

— Fui vencido por ele.

— Essa felicidade não a tenho eu!... exclamou a moça (...) — O homem que eu amei, a que amo (...). O senhor tem suas feições; a mesma elegância, a mesma nobreza de porte. Mas o que não tem é sua alma, que eu guardo aqui em meu seio e que sinto palpitar dentro de mim, e possuir-me (...).

Seixas estava atônito. Sentindo-se ludíbrio dessa mulher, que o subjugava a seu pesar, escutava-lhe as palavras, observava-lhe os movimentos e não a compreendia. (...) aproximou-se, fazendo-lhe a cortesia do costume; com a voz já tranquila, e o modo natural disse:

— Boa noite.

A moça entreabriu a caxemira quanto bastava para tirar os dedos afilados da mão direita, que estendeu ao marido.

— Já? perguntou ela erguendo os olhos entre súplices e despóticos.

O marido estremeceu ao toque sutil dos dedos, que calcavam-lhe docemente a palma da mão.

— Ordena que fique? disse com a voz trêmula.

Aurélia sorriu:

— Não. Para quê?

O que exprimia essa frase, repassada do sorriso que lhe servia por assim dizer de matiz, ninguém o imagina.

Seixas retirou-se levando n'alma a mais cruel humilhação que podia infligir-lhe o desprezo dessa mulher.

• 18 •
Versos no ar

Crica, deitada em sua cama, no escuro, sem conseguir dormir, pensava em Seixas e Aurélia, e rabiscava versos no ar. As letras não se liam. E ela não teve palavras até que afinal uma frase lhe veio, e foi o entendimento que pôs fim à sua falta de sono: "Tem amor que não sabe ficar junto de quem ele ama".

· 19 ·
Com todo meu amor

Crica e a avó haviam se encontrado na trilha para o cemitério, e caminhavam, agora, lado a lado. Já podiam escutar o barulho do riacho, e logo depois da curva avistariam a ponte de madeira. Era Crica quem levava o *Senhora* debaixo do braço, mas era dona Glaura quem falava:

— O Maurício acha... apesar de muitas vezes isso ser negado no livro... que Aurélia planejou foi uma vingança, uma humilhação sem-fim para o Seixas... e é Seixas quem muda as regras do jogo... Ele se transforma e Aurélia se reapaixona por ele.

— É... — confirmou Crica, e a avó estranhou um comentário tão sumário, mas prosseguiu...

— Bom, eu acho que do início ao fim o jogo foi dado por Aurélia. Ou melhor... ela deu àquele... como você diz, mesmo?

— Boneco!

— Ela deu no boneco do Seixas uma sacudidela, para ver se seus brios se mexiam e ele se transformava num homem de verdade. Um homem que pudesse sentir-se digno... e que fosse digno do amor que ela sentia por ele. Como se ela tivesse um retrato dele guardado, um retrato de um homem nobre, de caráter, e quisesse que o original se tornasse igual ao retrato. Ou seja, que o Seixas...

— Já entendi. Que ele mudasse. Mas isso é meio louco, não é? Por que ele *tinha* de ser como ela achava que ele era?

— Crica, amor saudável e perfeitamente lúcido, sem nem um pouco de neurose, é invenção de psicanalistas. E você está falando que nem o Maurício, agora.

Crica fez uma careta, e já atravessavam a ponte de madeira, nesse momento. Detiveram-se por alguns instantes. Dona Glaura ficou observando o riacho, apreciando o movimento ligeiro do curso de água.

— E você? O que você acha? — perguntou enfim a senhora.

Crica hesitou alguns momentos antes de se decidir a responder, e escolheu bem as palavras:

— Nem só uma coisa... nem só a outra!

Dona Glaura voltou-se para a neta curiosa. A garota continuou:

— Nada tão planejado, entende? Nem essa coisa assim tão fácil... causa e efeito... Eu acho... sinto...

— Sim, diga... — incentivou dona Glaura, e a neta tomou coragem.

— ...que amor é mais zorreado, que tem coisa que a gente faz e não entende. Nem sabe por que faz, nem consegue fazer diferente.

Dona Glaura assentiu, com um sorriso... e tocou o ombro da neta, como se lhe pedisse para prosseguir caminho.

— Acho que... — foi dizendo a senhora, enquanto atravessavam os canteiros, em direção ao flamboaiã de flores roxas — o amor de uma mulher pode transformar um homem. Pode trazê-lo até ela.

— Isso... acontece?

— Hum-hum... — respondeu Glaura, acompanhando com um movimento de cabeça. Elas pararam diante do pequeno monumento de pedra.

— Tem uma história assim com o tio Jonas, não é?

— Hum-hum... — repetiu ela. — Mas o caso é que só nos últimos dias andei pensando que o vice-versa dessa história também acontece. — Ela olhou para a neta, Crica aguardou. — Jonas viajava muito... No que chegava, me tratava de um jeito que eu nunca tive como duvidar de que ele morria de saudades, enquanto estava fora, e que era só a mim que ele queria e era só a mim que ele amava. Não eram apenas negócios, eu percebi isso. Ele era como aquele riacho ali atrás, que precisava correr e correr... mas tendo uma ponte como referência.

— Mas você gostava disso?

Glaura abriu um sorriso.

— Na maior parte do tempo, sim... Eu queria minha liberdade. Depois de ter cuidado de casa durante quase dez anos, já sabia que não queria nunca mais esse tipo de obrigação. Sabe, as mulheres da nossa família têm pouca vocação doméstica... Não sei se isso é defeito, ou não, mas somos assim e pronto. Então, quando não queria fazer o papel de ponte, daí era eu quem viajava. Várias vezes ele chegou aqui e deu com a cara na porta, e eu o punha para correr mundo atrás de mim, e largar a porcaria dos negócios dele. Tudo por minha causa. Teve vezes também em que eu pensei que fosse ficar louca se ele demorasse mais um dia. E outras em que fui ao encontro dele de surpresa, sem querer saber o que ele ia pensar. Tivemos uma porção de brigas, nos separamos e nos reconciliamos muitas vezes. Foi o paraíso e o poço escuro, mas...

Glaura inclinou-se para o monumento:

— Foi com ele que eu vivi todo o amor que eu sonhei e quis no mundo... — Seus lábios se mexeram, quase imperceptivelmente, e Crica leu o que estava gravado na placa de mármore: "Com todo o meu amor". Dona Glaura manteve-se imóvel por alguns instantes. — Todo o amor que eu quis e sonhei. Todo o amor que eu tinha para dar e queria receber... — Ela soltou um suspiro, e balançou a cabeça, se reprovando. — É fácil a gente pensar que quando o amor da gente termina, não se pode produzir um outro, ou mais amor... de algum modo. Não, não existe um amor que esgote o amor da gente. Amor... se refaz! E você já devia saber disso, velha boba!

Ela voltou-se sorrindo para Crica, ergueu-se, e as duas ainda andaram um pouco em silêncio por entre as lápides, antes de ela recomeçar...

— O Maurício, por exemplo. Ele se aposentou desiludido com o ensino da literatura. O que ele dizia era que o ensino da literatura, como é praticado nos colégios e cobrado em provas e vestibulares, não leva ninguém a *gostar* de literatura. Muito menos de ler. Ele vive dizendo que não quer mais saber de ensinar, por isso se aposentou. E olha só o que andou fazendo com você nas últimas noites!

— Comigo...?

— Claro, Crica, com você... — dona Glaura deu uma espiada direta para o *Senhora* que a garota carregava. — Por que você acha que não larga mais esse livro? Você o tomou de mim! É como se ele tivesse se tornado parte de você, não é? O livro, a história, os personagens... Vão estar dentro de você para sempre! Você ganhou uma paixão amiga para toda a vida.

Crica afastou um pouco o livro, olhou-o, assentiu de cabeça, mas replicou:

— Por causa da senhora também.

— Eu sei... de mim, *delas* todas — dona Glaura fez um gesto percorrendo o entorno e sorriu. — Mas o que me tem encantado é perceber o quanto é falsa a amargura do Maurício. Ele ama tanto os livros e a literatura que esse amor não cabe dentro dele. Daí, ele precisa ensinar. Ele precisa, entendeu? Por isso é um professor. Mas, ao mesmo tempo, hoje em dia, não quer admitir esse amor... diz que o amor dele gastou-se todo, frustrou-se... Mas o estoque de amor dentro da gente se refaz. Foi só aparecer você, como desafio, e ele já não consegue se segurar. Pensa em coisas para lhe dizer o tempo todo sobre o *Senhora*.

— Pra me provocar!

— É também! Você mesma não disse que amor nos põe a fazer coisas sem saber por quê? É implicância também, é a mágoa dele também, é o amor machucado dele, doendo, e ele querendo espantar a dor, e é o jeito de ele fazer você gostar do livro. É o jeito dele de ensinar, provocando e implicando... Isso tudo é amor também, não é?

— Pode ser... — admitiu Crica depois de um instante. — Mas é um saco também, às vezes.

— E como! — franziu o rosto dona Glaura. — Não pense que ele não faz isso comigo.

— Mas o Seixas... a Aurélia... eles se amam, então, não é?

— Escuta, de uma coisa eu sei... e acho que Aurélia também... Amor que a gente não resolve direito vira fantasma. Nem vivo nem morto, não fica nem vai. Assombra a gente pelo resto da vida.

— Não! É cedo! É preciso que ele me ame bastante para vencer-me a mim, e não só para se deixar vencer. Eu posso, não o duvido mais, eu posso, no momento em que me aprouver, trazê-lo aqui, a meus pés, suplicante, ébrio de amor, subjugado ao meu aceno. Eu posso obrigá-lo a sacrificar-me tudo, a sua dignidade, os seus brios, os últimos escrúpulos de sua consciência. Mas no outro dia ambos acordaríamos desse horrível pesadelo, eu para desprezá-lo, ele para odiar-me. Então é que nunca mais nos perdoaríamos, eu a ele, o meu amor profanado, ele a mim, o seu caráter abatido. Então é que principiaria a eterna separação. (...)

— Quando ele convencer-me do seu amor e arrancar de meu coração a última raiz desta dúvida atroz, que o dilacera; quando nele encontrar-te a ti, o meu ideal, o soberano de meu amor; quando tu e ele fores um, e que eu não vos possa distinguir nem no meu afeto, nem nas minhas recordações; nesse dia, eu lhe pertenço... Não, que já lhe pertenço agora e sempre, desde que o amei!... Nesse dia tomará posse de minha alma, e a fará sua! (...)

· 20 ·
A proposta

— Tenho uma proposta para fazer a você — disse dona Glaura, muito gravemente, naquela noite, mal Maurício chegou e trocaram cumprimentos. E a voz dela o fez sentir como se tivesse uma pedra gelada dentro do estômago. Mesmo assim, sentou-se na cadeira de costume, na varanda, e respondeu:

— Vamos ouvi-la!

Puxou o cachimbo do bolso e, junto, a bolsinha de tabaco. O cheiro de fumo adocicado, temperado com cravo moído e raspas de casca de maçã, tomou conta do ar, assim que ele abriu a bolsinha.

— Eu jurei que seria enterrada ao lado do monumento em memória do Jonas, em nosso cemitério...

— Imaginei isso.

— E é o que eu ainda quero — afirmou Glaura, sem margem para contestação.

— Entendo... — murmurou Maurício, encolhendo-se.

— Não, o senhor não entende.

— O *senhor...?* — espantou-se ele.

— É uma proposta séria! Preciso que você se convença disso.

— Sem dúvida! Você decidiu ser enterrada ao lado do seu Jonas, e isso quer dizer que eu não sou parte fundamental da sua vida. Sou seu vizinho, companhia do carteado, amigo nem sempre bem-vindo, mas...

— O que eu quero saber — interrompeu Glaura — é se você aceitaria ficar lá também. Eu no meio, Jonas de um lado, você de outro.

Nunca se viu e nunca se veria naquele rosto enrugado, de setenta anos, que de garoto da estrebaria se tornara mestre de literatura, que já tinha testemunhado tanta coisa na vida e acompanhado tantos dramas nos livros, espanto maior... Glaura encarou-o, com naturalidade, mas Maurício, boquiaberto e sobrancelhas arqueadas para cima, ficou vários segundos olhando para ela como se não estivesse acreditando que Glaura existisse no mesmo planeta que ele.

— Você quer dizer... — arriscou Maurício.

— Não quero dizer: já disse! Você aceita...?

— Um instante! — exigiu Maurício. — Eu... acho que... preciso pensar... De alguma forma, essa proposta até mesmo me soa... indecente!

— Pode ser... Não tinha pensado nisso. Faz diferença?

— Não... — e Maurício balançou energicamente a cabeça. — Mas... Você pode pelo menos esperar até eu tomar fôlego? — esbravejou.

— À vontade — disse Glaura sem alterar o seu tom de voz. E cruzou as mãos sobre o colo, para mostrar, bem no estilo dela, que aguardaria pacientemente quanto tempo fosse, desde que ele não se levantasse dali sem lhe dar uma resposta.

Depois de dois minutos de muita hesitação, em que por três vezes Maurício teve ímpeto de bater em retirada, a maneira como encontrou para responder foi:

— Bem... de fato... não me lembro de ter marcado nenhum compromisso para depois de morto. Assim, e como não tenho para onde mais ir... por que não?

Dona Glaura apertou os lábios. Preferiria uma resposta mais determinada. No entanto, assentiu de cabeça, dando-se por satisfeita, e levantou-se, já se encaminhando para a porta:

— Café?

— Por favor. Forte! Sem açúcar.

— Não é como você toma, de hábito.

— Glaura, a *senhôra* tornou esta noite completamente fora do hábito. Faz favor?

Ela entrou em casa dando risadinhas. Na varanda, Maurício continuou resmungando. Mas por pouco tempo. Porque logo um sorriso malicioso e vingativo veio aos seus lábios, lembrando que Crica, em seu quarto, estaria justamente lendo o trecho em que Seixas encontrava um sócio de um negócio antigo, quase esquecido e que já dava como dinheiro perdido, mas que lhe vinha comunicar, exatamente, que o rapaz tinha uma belíssima soma a receber, agora. A notícia foi o bastante para que Seixas disparasse, em grande estado de agitação, para casa. "Por essa, ninguém esperaria", pensou Maurício. "Grande, grande José Martiniano, mudando o jogo de uma hora para a outra e atiçando as expectativas de todo mundo! Seixas e Aurélia, agora, têm uma conversinha muito especial para travar... um verdadeiro acerto de contas!"

• 21 •
Medo de acabar

Que amor é esse que não existe?
... existe, existe...
Que amor é esse que não
existe?
Que amor é...
esse que (não)
existe?
Que amor
(é esse que não)
existe?
... existe, existe...
não existe...
... existe, existe.
Que amor é esse que resiste?

Fazia quase uma hora que Crica estava com o livro fechado em cima da mesinha ao lado da poltrona de leitura, onde se sentara, na biblioteca. Já se levantara três vezes para beber água, duas para ir ao banheiro, outra para percorrer as lombadas dos livros mais antigos, nas estantes, e outra, ainda, sem propósito nenhum — levantara-se para sentar de volta. Também já pensara se não seria melhor ir ler trancada em seu quarto e, tendo decidido que sim, fizera um gesto para apanhar o livro e levá-lo. Na verdade, isso acontecera duas vezes.

Mas, o *Senhora* continuava na mesma posição, a biblioteca e os seus livros, em silêncio, aguardavam, assim como o último capítulo, a cena final do romance de Aurélia e Seixas, todos esperando que Crica reunisse coragem para ler.

— Eles vão terminar separados! Eu sei! — lamentou Crica para a avó, que entrava para pegar um livro. — O jeito de ele falar com ela, de dizer que precisa conversar com a Aurélia... O clima todo! Ele se encheu e vai dar o fora nela. A Aurélia quer se fingir de conformada... de durona, ainda, sei lá... Mas sei que ela não vai aguentar. Coitada, vó... Eu não quero ler!

Dona Glaura chegou perto da neta, afagou seus cabelos...

— Você não precisa ler, se não quiser!

— Eu sei... — murmurou a garota. Mas o que dona Glaura disse não serviu de consolo nenhum.

Porque Crica sabia que iria ler.

— Eles ainda se amam, vó.

— Você agora tem certeza disso?

Crica assentiu vigorosamente com a cabeça.

— O amor deles foi ferido, doeu demais. Está tão enfraquecido que eles pensam que morreu, mas não morreu. Só que... e daí? Adianta do quê? Eles podem se amar... e não conseguirem se amar, entende?

Foi a vez de a avó fazer um gesto com a cabeça, este, delicado e vagaroso, concordando com a neta... E já ia repetindo uma variação do dito da sua avó Aurélia sobre os poderes do coração partido, quando lhe veio à mente um pensamento irritado: "Vó, a primeira coisa que um coração partido devia ensinar para a gente é como fazê-lo sarar! Isso, sim, seria um bom conhecimento da vida!"... Logo a seguir, sentiu-se engraçada, piscou os olhos como se para despertar ou para afugentar os habitantes mais etéreos da biblioteca.

— O Maurício está me esperando lá na varanda. Eu vou ficar lá, se você quiser vir...

— Não! — decidiu-se Crica.

Eram dez horas da noite.

Aurélia, que se havia retirado mais cedo da saleta, trocando com o marido um olhar de inteligência, estava nesse momento em seu toucador, sentada em frente à elegante escrivaninha de araribá cor-de-rosa, com relevos de bronze dourado a fogo.

A moça trazia nessa ocasião um roupão de cetim verde cerrado à cintura por um cordão de fios de ouro. Era o mesmo da noite do casamento, e que desde então ela nunca mais usara. Por uma espécie de superstição lembrara-se de vesti-lo de novo, nessa hora na qual, a crer em seus pressentimentos, iam decidir-se afinal o seu destino e a sua vida. (...)

Ergueu-se então, e tirou da gaveta uma chave; atravessou a câmara nupcial, que estava às escuras, apenas esclarecida pelo reflexo do toucador, e abriu afoitamente aquela porta que havia fechado onze meses antes, num ímpeto de indignação e horror.

Empurrando a porta com estrépito de modo a ser ouvida no outro aposento, e prendendo o reposteiro para deixar franca a passagem, voltou rapidamente, depois de proferir estas palavras:

— Quando quiser! (...)

Aurélia esperava o marido, outra vez sentada à escrivaninha. (...)

Seixas sentou-se na cadeira que Aurélia lhe indicara em frente dela, e depois de recolher-se um instante, buscando o modo por que devia começar, entregou-se à inspiração do momento.

— É a segunda vez que a vejo com este roupão. (...)

— (...) Recorda-se? (...)

— De tudo.

— Eu supunha haver feito uma coisa muito vulgar que o mundo tem admitido com o nome de casamento de conveniência. A senhora desenganou-me; definiu a minha posição com a maior clareza; mostrou que realizara uma transação mercantil, e exibiu o seu título de compra, que naturalmente ainda conserva.

— É a minha maior riqueza, disse a moça com um tom que não se podia distinguir se era de ironia ou de emoção.

Seixas agradeceu com uma inclinação de cabeça e prosseguiu:

— Se eu tivesse naquele momento os vinte contos de réis, que havia recebido de seu tutor, por adiantamento de dote, a questão resolvia-se de si mesma. Desfazia-se o equívoco; restituía-lhe seu dinheiro; recuperava minha palavra; e separávamo-nos como fazem dois contratantes de boa-fé, que reconhecendo seu engano, desobrigam-se mutuamente. (...)

— Mas os vinte contos, eu já os não possuía naquela ocasião, nem tinha onde havê-los. Em tais circunstâncias restavam duas alternativas; trair a obrigação estipulada, tornar-me um caloteiro; ou respeitar a fé do contrato e cumprir minha palavra. Apesar do conceito que lhe mereço, faça-me a justiça de acreditar que a primeira dessas alternativas, eu não a formulei senão para a repelir. (...) estou certo que não me negará uma virtude: a fidelidade à minha palavra.

— Não, senhor; cumpriu-a como um cavalheiro.

— É o que desejei ouvir de sua boca antes de informá-la do motivo desta conferência. A quantia que me faltava há onze meses, (...) eu a possuo finalmente. Tenho-a comigo; (...) e com ela venho negociar o meu resgate. (...)

— Agora nossa conta, continuou Seixas desdobrando uma folha de papel. A senhora pagou-me cem contos de réis; oitenta em um cheque do Banco do Brasil que lhe restituo intato; e vinte em dinheiro, recebido há 330 dias. Ao juro de 6% essa quantia lhe rendeu 1:084$710. Tenho pois que entregar-lhe 21:084$710, além do cheque. Não é isso?

Aurélia examinou a conta corrente; tomou uma pena e fez com facilidade o cálculo dos juros.

— Está exato.

Então Seixas abriu a carteira e tirou com o cheque vinte e um maços de notas, de um conto de réis cada um, além dos quebrados que depositou em cima da mesa:

— Tenha a bondade de contar.

A moça com a fleuma de um negociante, abriu os maços um após outro e contou as cédulas pausadamente. Quando acabou essa operação, voltou-se para Seixas e perguntou-lhe como se falasse ao procurador incumbido de receber o dividendo de suas apólices.

— Está certo. Quer que lhe passe um recibo?

— Não há necessidade. Basta que me restitua o papel de venda.

— É verdade. Não me lembrava. (...)

— Enfim partiu-se o vínculo que nos prendia. Reassumi a minha liberdade, e a posse de mim mesmo. Não sou mais seu marido. A senhora compreende a solenidade deste momento?

— É o da nossa separação, confirmou Aurélia.

— Talvez ainda nos encontremos neste mundo, mas como dois desconhecidos.

— Creio que nunca mais, disse Aurélia com o tom de uma profunda convicção.

— Em todo caso, como esta é a última vez que lhe dirijo a palavra, quero dar-lhe agora uma explicação, que não me era lícita há onze meses na noite do nosso casamento. (...)

— (...) Não me defendo; eu devia resistir e lutar; nada justifica a abdicação da dignidade. Hoje saberia afrontar a adversidade, e ser homem; naquele tempo não era mais do que um ator de sala; sucumbi. Mas a senhora regenerou-me e o instrumento foi esse dinheiro. Eu lhe agradeço. (...)

Aurélia reuniu o cheque e os maços de dinheiro que estavam sobre a mesa.

— Este dinheiro é abençoado. Diz o senhor que ele o regenerou, e acaba de o restituir muito a propósito para realizar um pensamento de caridade e servir a outra regeneração. (...)

— Desde que uma coisa se tem de fazer, o melhor é que se faça logo e sem evasivas.

Fernando ergueu-se de pronto:

— Neste caso receba minhas despedidas.

Aurélia de seu lado erguera-se também para cortejar o marido.

— Adeus, senhora. Acredite... (...)

— Um instante! disse Aurélia.

— Chamou-me?

— O passado está extinto. Estes onze meses, não fomos nós que os vivemos, mas aqueles que se acabam de separar, e para sempre. Não sou mais sua mulher; o senhor já não é meu marido. Somos dois estranhos. Não é verdade?

Seixas confirmou com a cabeça.

— Pois bem, agora ajoelho-me eu a teus pés, Fernando, e suplico-te que aceites meu amor, este amor que nunca deixou de ser teu, ainda quando mais cruelmente ofendia-te. (...)

— Aquela que te humilhou, aqui a tens abatida, no mesmo lugar onde ultrajou-te, nas iras de sua paixão. Aqui a tens implorando seu perdão e feliz porque te adora, como o senhor de sua alma.

Seixas ergueu nos braços a formosa mulher que ajoelhara a seus pés; os lábios de ambos se uniam já em férvido beijo, quando um pensamento funesto perpassou no espírito do marido. Ele afastou de si com gesto grave a linda cabeça de Aurélia, iluminada por uma aurora de amor, e fitou nela o olhar repassado de profunda tristeza.

— Não, Aurélia! Tua riqueza separou-nos para sempre. (...)

Seixas contemplava-a com os olhos rasos de lágrimas.

— Esta riqueza causa-te horror? Pois faz-me viver, meu Fernando. É o meio de a repelires. Se não for bastante, eu a dissiparei.

As cortinas cerraram-se, e as auras da noite, acariciando o seio das flores, cantavam o hino misterioso do santo amor conjugal.

No que fechou o livro, Crica decolou num voo feliz, como o de um anjo que caíra das nuvens, partindo uma asa, mas que havia encontrado quem o tratasse e se curara, aqui na terra, e agora experimentava, pela primeira vez, fazer de novo cabriolas no céu. Da boca da garota ia escapando o grito de comemoração: "Eles ficaram juntos no final! Eles ficaram juntos!". Mas, no instante em que, fervendo por dentro, a garota entrou na varanda, ficou paralisada. E o que interrompeu seu pensamento foi se deparar com dona Glaura e Maurício fuzilando-se com os olhos, os rostos vermelhos, estufados de sangue, e um de pé diante do outro como se estivessem a ponto de se esganar mutuamente.

• 22 •
"Foi o pai de Amanda quem morreu!"

— Ela venceu! — berrou furiosa Glaura, batendo o pé.
— Ele é quem venceu! — replicou Maurício no mesmo tom, e ainda trincando a ponta do cachimbo na boca.
— Você está ficando gagá! — teimou Glaura. — Ele cumpriu direitinho o plano que ela armou para ele. Ela fez dele um homem!
— Ah, é? E quem terminou a história pedindo perdão de joelhos? Rendição total!
— O que a sua cabeça de giz não entende é que é preciso ser muito mulher para fazer uma coisa dessas, muito segura de não estar se rendendo coisa nenhuma! Você, como todos os homens, confunde sedução com submissão. Aurélia é que já tinha o coração do Seixas aos pés dela o tempo todo. Ajoelhar-se foi apenas o tiro de misericórdia. E ela sabia disso! O que custava um gesto de... caridade?! Só para o pobre coitado recuperar o amor-próprio... e se entregar a ela!
— Esse *pobre coitado* fez o que muita gente não consegue fazer. Reconquistou sua dignidade. Escapou da armadilha que a Aurélia armou, para infernizá-lo e humilhá-lo pelo resto da vida. Foi isso que fez ela cair de joelhos. Ela reconheceu a superioridade dele!

— Ora, um... bestinha que começa a história coçando o saco, deitado na caminha, esperando as maninhas e a mamãezinha trazerem o cafezinho dele na boca. Um preguiçoso, que só sabia se enfeitar e desfilar como um pavão... Quem se vendeu pelos trinta contos e depois trocou por uma oferta melhor? E quem foi que fez dessa... coisa inútil... um homem digno de ser amado?

— Ele próprio! O Seixas!

— Foi Aurélia!

— E ele estava lá prontinho para largar o dinheiro e tudo para trás, toda aquela mordomia que a Aurélia deixou montada para ver se o prendia na teia. Aí está! Ele fez por merecer sua liberdade! Transformou-se. Poderia agora viver como fosse, sem perder a dignidade! E ia voltar para a casa dele, na rua do Hospício, com menos recursos do que antes!

— Tadinho dele! Ia ter de trabalhar para se sustentar, mas que horror! E a Aurélia, que jogou o *tudo ou nada* para realizar o amor dela? Ela correu o maior risco. Pelo que ele já havia aprontado, podia ser o maior canalha do mundo. E ela se casou com ele, passaria a vida amarrada a ele. Se não desse certo, ela seria só infelicidade. Mas ela apostou nele!

— Nele? Apostou no tal amor dela! Na força desse... amor! Nele, nunca! Apostou que ele ia se contagiar pelo amor que ela sentia. Ela era incapaz de querê-lo de outro jeito que não *o jeito como o queria*. Ouviu bem? Que *ela* sentia. *Ela* queria. Aurélia é fascinada pelos próprios sentimentos. O amor dela é o maior do mundo. E a dor do amor frustrado dela tem de ser a maior do mundo também. Coitado do Seixas, agora é que ele vai ver a doida com quem se casou...

— E será que o *Seixinhas* vai continuar dando duro no trabalho e vivendo sem luxos, agora que fez as pazes com Aurélia?

Até esse momento, não haviam sequer se dado conta da chegada de Crica. De repente, Glaura pressentiu alguma coisa atrás de si e se voltou. Deu então com a neta boquiaberta. Maurício olhou na mesma direção e seu constrangimento foi maior ainda. Rapidamente, os dois tentaram se recompor.

Primeiro, sentaram-se, respiraram fundo, correram olhos para um lado e para outro, evitando apenas cruzá-los com os de Crica. A garota começou a achar graça... Da cena de agora e do embaraço dos dois.

— Parece até que eu peguei vocês se beijando! — Crica disparou de modo tão espontâneo que se arrependeu logo a seguir.

Ainda mais porque Glaura e Maurício voltaram-se para ela sobressaltados, e depois novamente trocaram olhares. As faces de ambos ficaram ruborizadas, não de raiva, agora, mas quase como se a briga literária deles correspondesse, de fato, a um beijo escondido, em meio ao qual tivessem sido surpreendidos.

— Ora... — Maurício pigarreou, enfim — Alencar era quem costumava ler para a família, às noites, quando garoto. Era um ritual de todos os dias, algo que a família fazia reunida. Formava uma roda para escutá-lo e ele... Bem, uma vez, já estava nas páginas finais de um romance, quando chegou de surpresa um parente. Se me lembro bem era um padre. Ele entrou na sala e deu com todo mundo se acabando de chorar, todos se consolando mutuamente. Ficou logo preocupado, querendo saber que desgraça tinha acontecido, quando alguém explicou: "Foi o pai de Amanda quem morreu!". O caso é que Amanda era um personagem do livro que Alencar lia, naquele momento. Quando o padre soube, deu gargalhadas homéricas... É o que Alencar escreveu, "homéricas". E... Bom, o que quero dizer é que... Ora, essa cena que você assistiu aqui, Crica, bem, a leitura de romances era vivida de maneira diferente nos tempos de Alencar. E ele mesmo sugere que não teria se tornado um escritor se não houvesse esse envolvimento emocional com a leitura, com os personagens e seus destinos, na história. Cada capítulo era até mesmo discutido apaixonadamente por cartas dos leitores aos jornais e... e...

Por todo o tempo, Maurício fitava o chão. Melhor para ele, ou teria visto que Crica já não aguentava mais conter o riso. Logo, a garota começou a rir alto, debochada. Em seguida, dona Glaura, percebendo que Maurício não tinha a menor ideia de onde queria chegar, deu de rir também. Por último, Maurício se deteve, totalmente perdido — Crica às gargalhadas já, dona Glaura idem —, deu de ombros e tratou apenas de acender de novo seu cachimbo.

— Acho que vou voltar para a biblioteca! — disse Crica, finalmente... e ficou séria de repente. — Preciso terminar minha leitura!

— Ora... — estranhou dona Glaura. — Você ainda não leu o último capítulo?

— Li. Mas agora eu preciso... terminar minha leitura! — ela repetiu, e voltou-se correndo para dentro da casa, enquanto Glaura e Maurício trocavam um olhar indagativo.

Crica,

Nem sei direito o que posso te dizer. Vai ver você está pensando tudo de ruim de mim, e com razão. Telefonei uma porção de vezes para sua casa, nos últimos dias. Queria te explicar... Daí, tem esta carta aqui para eu mandar e dizer tudo o que eu queria. Então, eu começo a escrever, rasgo o papel e tento outra vez. Mas não adianta. Não sei o que vou dizer. Vai ver ia acontecer a mesma coisa, se a gente se falasse no telefone, ou se encontrasse cara a cara na rua. Vou dizer o quê?

Acho que eu fui um nojento, te largando daquele jeito. Mas é que na hora, também, eu tentei, tentei, e não consegui dizer o que eu devia. Porque não ia dar só pa-

ra dizer "eu vou embora", você ia perguntar por quê, e eu ia ter de dizer também, tudo. E o que eu devia dizer, Crica, é que eu sabia, desde o começo, que não ia conseguir fugir de verdade. Fugir de vez, entende? Eu sempre soube que a gente ia acabar voltando. Ou pelo menos, que eu ia. Eu sempre soube, só que só tive certeza disso naquela última noite, lá no hotel.

Acho também que eu esperava que você ia começar a dar para trás, e a gente ia acabar achando melhor voltar, os dois achando juntos. Mas, você nunca tinha dúvida nenhuma, e eu não tive coragem de dizer nada para você, porque se fosse para dizer eu ia ter que confessar que, desde o início, já sabia que eu não ia ter coragem.

Ia ser uma loucura, Crica! A gente ia viver de quê? E ia ficar se escondendo? E ia pra onde? E o pessoal nosso, aqui, meus pais e os seus? Já imaginou a barra? Eu tava ficando mais e mais assustado.

Eu amo você ainda, Crica. E tenho vontade de morrer, só de pensar quanto que machuquei você. E, agora, tô indo embora, daqui a uns dias, morar em outra cidade, no interior do estado. E eu acho que vou embora de vez, entende? Porque nunca vou ter coragem de olhar na sua cara de novo. No fundo, é isso que eu precisava mais te dizer... Eu não tenho coragem de ver você de novo. Daí, foi bobeira mesmo tentar telefonar para a sua casa, na certa ia ficar mudo e desligar se você atendesse. E quando eu descobri o endereço daí, pensei até em ir te ver... Mas, quer saber? Acho que eu ia chegar, olhar você de longe, pra matar a saudade, mas não ia conseguir ir falar com você. Estou sendo o mais honesto que consigo, juro. *Eu amo você, mas acho que não consigo chegar perto de você nem para pedir desculpas. Foi horrível mesmo o que eu fiz. Eu não sei como eu consegui ser tão covarde.*

Taí, tô pensando agora, não tive coragem de te dizer o que eu ia fazer, não é? Mas tive coragem para fazer. Fiz uma coisa que eu sabia que ia magoar você, e muito. De todas as coisas que eu podia fazer, fiz a que eu não devia ter feito nunca! Sei que você deve estar pensando isso de mim agora.

Desculpa, Crica, você não merecia. Era pelo menos para eu ter coragem e dizer que estava voltando para casa, e para te carregar junto comigo.

Mas não fiz nada disso. Simplesmente sumi, não foi? Eu não vou conseguir me perdoar nunca, Crica. Não consigo mesmo!

Adeus, tá? Te amo. Um beijo. Adeus.

Juninho

• 23 •
O cemitério
ao nascer do Sol

Adeus! Para sempre adeus!
Foste um anjo, uma visão.
Agora aos olhos ateus
Sombra és tu de uma ilusão.

Decepção, de José de Alencar.

Quando Crica atravessava a ponte, chegando ao pequeno cemitério da família, deteve-se por um instante para apreciar a névoa baixa que, quase transparente já, sendo dissolvida pelo Sol que nascia, ainda envolvia os canteiros, as lápides e o flamboaiã ao fundo. Ela guardou a imagem, mas como faz uma máquina fotográfica com lente e filtro trocados. Na verdade, nunca estivera no cemitério àquela hora; vinha sempre ao pôr do sol, não quando ele surgia, como hoje.

Não conseguira dormir. Os pensamentos não pouparam a garota um só instante, desde que lera a carta de Juninho. E passou horas rolando na cama, tentando botá-los em ordem, fazê-los dar sentido. Quando o céu começou a clarear, pulou da cama e saiu de casa. Ia com rumo certo: o cemitério.

Dona Glaura sempre acordava bastante cedo e tomava na copa, sozinha, uma primeira xícara de café. Era também o momento do dia dedicado a xingar mentalmente o seu médico por tê-la convencido a parar de fumar. Isso fazia seis anos. Ela escutou a porta da frente bater, com a saída de Crica. Para confirmar, chegou até a varanda, e ainda viu a neta se distanciando. Pela direção que tomava, compreendeu aonde a garota estava indo. Ainda tinha a xícara de café nas mãos. Terminou de tomá-la e entrou.

Deixou a xícara em qualquer canto, na passagem. Sabia que a neta ficara até tarde na biblioteca, e já imaginava o que andara lendo. Visualizara a garota, lendo e relendo a carta, andando em volta, ou ao longo das estantes, e sentando-se para reler outra vez. Preparou-se então para ir ao encontro da neta.

"Eu devia deixar a Crica sozinha", considerou a senhora. Mas já sabia que não faria isso: "Ela que se defenda! E me mande ir embora, se não quiser companhia". Dona Glaura apanhou o *Senhora* da mesa da biblioteca e saiu de casa. Quando chegou ao cemitério, Crica estava sentada na borda de canteiro mais alta, muito quieta, olhando o céu vagamente. Aproximando-se, viu que o rosto da neta estava tranquilo, mas que por ele corriam lágrimas.

Dona Glaura parou em silêncio junto à neta. Seu impulso era agarrar-se à garota, mas antes queria ver como ela a recebia. Crica demorou a levantar os olhos e, quando o fez, demorou mais um pouco também para começar a falar:

— Sabe o que dói, vó?

— Talvez eu saiba... — respondeu dona Glaura com doçura, acolhedora como um abraço.

— Acho que no fundo eu esperava que ia ler o que ele me escreveu e, de repente, tivesse alguma coisa dita lá que ia fazer nada do que aconteceu ter importância. De repente, ele ia escrever ali uma coisa que ia me surpreender, uma coisa qualquer, diferente de tudo o que eu imaginei, e que me fizesse... sentir diferente o que aconteceu. Ou que fizesse eu sentir uma coisa por ele... que não estou sentindo, agora, entende? Então toda a minha raiva dele ia sumir, porque alguma coisa que ele dizia na carta ia me acender uma luz, sei lá... Eu ia me reapaixonar por ele no ato e daí saía correndo para onde ele estivesse, para começar tudo de onde a gente parou... Ou melhor, para começar de novo, como foi. Como era!

Crica tomou fôlego, entre dois soluços, antes de continuar...

— Só que eu tinha medo também... Medo de não acontecer nada disso. Medo... de acontecer como tá acontecendo... agora! — a garota soltou um soluço.

— E... — incentivou dona Glaura...

— ... Eu li e reli a carta dele... E o mais engraçado é que tudo que ele ia me dizendo ali eu já sabia... que ia estar escrito ali. É como se eu tivesse ditado a carta, acredita? — dona Glaura assentiu e Crica continuou. — No hotel, a gente lá escondido, eu olhava para ele e estava tudo dito na cara dele! Li a carta e não tive nem uma surpresa, vó! Nenhumazinha só! Nada! Procurei em cada linha, e ele só disse o que eu já sabia que ele ia dizer! E eu não queria acreditar... Sempre soube... que não importava mais o que ele dissesse! Ah, meu Deus! Era disso que eu tinha medo, então, sabia? De repente não importar mais nada, nem lembrar, nem...

A garota olhou bem nos olhos da avó, como que pedindo ajuda. Dona Glaura sentou-se ao lado da neta e trouxe a cabeça da garota para o seu ombro.

— E a raiva?

Crica balançou a cabeça, lentamente, dizendo que não:

— Ou então queria poder dizer que tinha sido trocada por um zero-quilômetro, que ele era um vendido, um troço desses. Mas sabia que não era nada disso. Eu li a carta do Juninho uma porção de vezes e não bateu com nada aqui dentro. Nem sim, nem não... É como se... daqui de dentro... — e Crica parou, com a mão no peito — ele tivesse...

A palavra que Crica hesitou em dizer dona Glaura pronunciou com firmeza:

— ... sumido!

Crica soltou um gemido e se agarrou na avó chorando mais forte.

— Quando eu penso nele... — ela disse, com voz entrecortada — ... em nós dois lá no hotel... ele parece um anjo! É um sonho, vó. É um sonho lindo! Mas se eu pensar nele chegando aqui, de repente, ou na gente se encontrando, daí não tem nada... que eu queira dele, entende? Nem beijar, nem dar um tabefe... ficou longe! Muito, muito longe.

— Bem, talvez você tenha dado uma de Aurélia... versão Maurício. Não a nossa! Aquela que continua amando a história de amor que inventou, mesmo que o ser amado não se encaixe mais nela, lembra? — Crica deu de ombros, melancólica, o nariz escorrendo, os olhos muito vermelhos. Dona Glaura emendou-se, ligeira. — Bem, não precisa contar isso para o Maurício. Ou melhor... Vamos combinar logo de não passar este comentário para ele de jeito nenhum, certo?

O rosto da garota ainda estava triste, mas ela sorriu fragilmente, mesmo assim, selando o acordo.

— Apenas não se engane — murmurou dona Glaura, com a neta junto ao seio. — Numa hora, a gente pode não encontrar mais, lá por dentro, o amor que teve, mas isso não quer dizer que ele não existiu.

— O que eu acho é que forcei a barra, sabia?

— E o idiota se deixou forçar! — cortou dona Glaura implacável.

— Certo! — exclamou Crica, animando-se. — O idiota veio atrás! Eu pelo menos achava que sabia o que queria. E ele que nem isso?

Dona Glaura refletiu por um momento:

— Você vai escrever de volta? Ou telefonar?

— Ainda não sei, vó. Precisa... agora?

— Não... — respondeu dona Glaura, puxando de debaixo do braço o *Senhora*. — O que você precisa fazer agora é cumprir uma tradição de família...

Ela abriu o livro na folha de rosto, na página de assinaturas, e entregou-o a Crica, junto com uma caneta. Crica sorriu de rosto inteiro, orgulhosa.

— Quer dizer que agora eu entrei mesmo para o clube?

— Com todos os direitos! — confirmou dona Glaura. — Este livro é seu agora. Tenho certeza de que você compreende o quanto ele é precioso.

Crica parou alguns segundos, antes de responder...

— Eu ia cuidar bem dele, vó... Mas acho que prefiro deixar ele aqui, por enquanto. Combina tanto com o sítio e com a biblioteca...

Com um gesto, dona Glaura incentivou-a a assinar a folha de rosto. Crica pôs seu nome por extenso — Aurélia Cristina — e, entre parênteses, o apelido — *Crica*.

— Para minha neta ter uma pista de como eu era! — disse a garota.

Dona Glaura ainda passou pelo pequeno monumento debaixo do flamboaiã. A neta esperou ela se inclinar para tocar a laje de mármore, depois perguntou:

— Que livro eu devia ler agora, vó? Tem tantos lá na biblioteca que vou ficar perdida e vai acabar minha paciência antes de eu conseguir escolher.

— Por que não pede ajuda ao Maurício?

— Ah, pensei justamente que você podia escolher um livro que fosse engraçado de ler, com ele por perto, dando palpite.

— ... Com vocês dois se pegando capítulo a capítulo. A graça é essa?

— Olha quem fala! — cantou Crica.

Dona Glaura arregalou os olhos, pega de surpresa. Mas logo abriu um enorme sorriso e puxou a neta para si. E, acariciando o cabelo de Crica, disse:

— Você vai encontrar o amor de novo, Crica. Ou então ele vai esbarrar em você, quando você não estiver sequer esperando. E pode ser o seu grande amor, dessa vez. Ou pode ser que você o encontre muitas vezes, ainda. Importa é que o amor entrou na sua vida, e entrou de um jeito que vai ser... grande! Olha que eu sei do que estou falando!

— Profecia de vovó Glaura, a feiticeira Martiniano! — brincou Crica, sorrindo de volta, ainda com uma ponta de tristeza, mas se apertando mais contra a avó.

E, abraçadas, atravessaram a ponte sobre o rio de águas que não deixavam enxergar o fundo, tomando o caminho para casa.

Outros olhares sobre Senhora

Depois de ter vivido com Crica as emoções da leitura do livro Senhora, *de José de Alencar, veja as muitas outras manifestações artísticas que essa obra romântica inspirou.*

Senhora, perfil brasileiro

Senhora foi publicado em 1875. Alencar já era um escritor famoso e querido do público, destacado jornalista e político. *Senhora* é o último de seus *perfis de mulher* (os anteriores foram *Lucíola* e *Diva*), e também o seu último *romance urbano* publicado em vida (ele morreria em 1877, de tuberculose).

Alencar sempre foi mais conhecido pelos seus romances indianistas. Mas, no seu projeto literário de construção da nacionalidade brasileira, ele reconhecia que a busca da identidade nacional não seria forjada apenas pela valorização de nosso passado — o legado indígena —, mas também destacando os hábitos e costumes da sociedade urbana da sua época. Neste sentido, ele escreveu os perfis de mulheres, sendo *Senhora* a peça fundamental.

Em quadrinhos...

As revistas de histórias em quadrinhos ganharam muita popularidade no Brasil, já na metade do século XX. Entretanto, nunca conseguiram se livrar da fama de serem *má leitura*, prejudicial para crianças e jovens.

No Rio de Janeiro, Adolfo Aizen, dono da Editora Brasil-América (Ebal), um pioneiro das histórias em quadrinhos no Brasil, iniciou um projeto de adaptação dos grandes clássicos brasileiros para os *gibis*, como eram chama-

Reprodução da capa da revista em quadrinhos da adaptação de *Senhora*. Edição maravilhosa (extra), nº 120. Rio de Janeiro, Ebal, 1975.

dos na época. Seu propósito era mostrar que aquele tipo de crítica era puro preconceito, e que os quadrinhos poderiam muito bem servir para popularização de grandes obras de literatura.

A ideia da Ebal era justamente adaptar as obras com maior capacidade de alcançar o grande público. Não foi à toa que *Senhora* constituiu-se num dos seus maiores sucessos.

Alternando citações do original que descreviam as cenas e personagens com diálogos extraídos diretamente do texto de Alencar, a versão em quadrinhos de *Senhora* foi publicada em 1956, com desenhos de José Geraldo e capa — uma belíssima Aurélia Camargo — de um famoso capista de revistas em quadrinhos, José Euzébio. Mais uma vez, o apelo romântico da história de Alencar funcionou. A adaptação de *Senhora* logo ganhou uma segunda edição, e sucessivas reimpressões, até a última edição, em 1975, para aproveitar o lançamento da novela na Globo.

Em cores, para todo o Brasil

Em 30 de junho de 1975 — no centenário do romance —, estreou na Rede Globo, no horário das seis horas, a novela *Senhora*, uma adaptação de Gilberto Braga, então ainda iniciando como autor de teledramaturgia, e direção de Herval Rossano. Muita gente reclamou dos *insertos na trama*, peripécias que não existiam no original de Alencar, mas que foram introduzidas para dar o ritmo e a extensão de novela. Já o figurino e os cenários foram considerados uma competente reconstrução de época.

No elenco, um casal dos mais populares da televisão: Norma Blum e Cláudio Marzo. Cláudio Marzo, então, estava no auge da fama. Norma havia se tornado famosa e querida do público, que a acompanhou desde quando costumava fazer a fada ou a princesinha do Teatrinho Trol, programa que apresentava peças in-

Reproduzido de: *Romances ilustrados de José de Alencar*. Rio de Janeiro, José Olympio, 1967. v. 7, p. 100.

fantis, na década de 1960. Por coincidência, o elenco da novela trazia outra atriz do mesmo Teatrinho Trol, Zilka Salaberry, que nas telepeças infantis sempre fazia a bruxa, ou a madrasta malvada.

O horário das seis horas havia se especializado em novelas de época e adaptações de clássicos, histórias românticas, sonhadoras, e *Senhora* agradou em cheio ao seu público.

Fac-símile da página de rosto da edição príncipe de *Senhora*.

Um clássico exemplar

Como escreve Maurício, personagem de *Corações partidos*, a importância de José de Alencar foi reconhecida por Machado de Assis, seu contemporâneo e um dos maiores nomes da nossa literatura. A permanência da obra de Alencar é um sinal de que Machado tinha plena razão.

E *Senhora* teve muito peso nesse reconhecimento.

Por um lado, vários estudiosos consideram o romance um valioso retrato da Corte Brasileira, do século XIX. Por outro, a composição dos personagens, Aurélia e Seixas, e do drama em que se transforma o amor entre os dois, assegura à história leitura em qualquer época, como comprova o sucesso das adaptações por que o romance passou. Foi uma obra que travou um diálogo profundo e instigante com seu público contemporâneo, e que ainda hoje nos comove.

É, enfim, o que caracteriza uma obra como *clássica*: a capacidade de captar o seu momento, combinada à universalidade, à dimensão humana de seus personagens e do enredo que desenvolve.

Reproduzido de: *Romances ilustrados de José de Alencar*. Rio de Janeiro, José Olympio, 1967. v. 7, p. XXXVI.